İSLÂM KÜLTÜRÜNDE İNSAN ve TARİH

Eleştirel Bir Bakış

ayışığıkitapları • 36

İçdüzen: Minyatür 522 75 22
Kapak: Aynasanat
Baskı ve Cilt: Bayrak Matbaası
İstanbul, Aralık 2000

ayışığıkitapları bir **KİTABEVİ** ürünüdür.

ISBN 975-7321-22-2

ayışığıkitapları
Çatalçeşme Sok. No: 54/A Cağaloğlu-İSTANBUL
Tel: (0212) 512 43 28 -511 21 43 • Faks: 513 77 26

İSLÂM KÜLTÜRÜNDE İNSAN ve TARİH

Eleştirel Bir Bakış

Prof. Dr. Hasan HANEFÎ

Çeviren: Doç. Dr. Vecdi AKYÜZ

ayışığıkitapları

Prof.Dr. Hasan HANEFÎ:

1935'te Kahire'de doğdu. Felsefe tahsilini Kahire Üniversitesi'nde yaptı. 1956 yılında, bitirdiği fakülteye hoca olarak atandı. Daha sonra doktora çalışması yapmak üzere, Paris Sorbon Üniversitesi'ne gönderildi. 1966 yılında Les Methodes d'Exegese (Yorum Biçimleri) adlı teziyle doktor oldu. Daha sonra Mısır'a döndü ve üniversitede ders vermeye devam etti. 1969'da Fransa'da, 1970'te Belçika'da, 1971-1975 yılları arasında Amerika'da, daha sonra da Japonya'da, Haliç (Körfez) Ülkeleri'nde ve Fas'ta misafir profesör olarak bulundu. Önceleri akademisyen olarak kalan Hanefî, 1967 yenilgisinden sonra, söylemine ideolojik ve politik bir içerik kattı. Giderek politik bir kişilik de kazandı. Bugün önderliğini yaptığı, kendine has felsefî ve politik düşünce sistemi olan İslâmcı Sol'un (el-Yesâru'l-İslâmî) Arap dünyasının her tarafında az da olsa taraftarları bulunmaktadır. Halen Kahire Üniversitesi'nin Felsefe bölümü başkanlığını yürütüyor.

Hasan Hanefî'nin başlıca eserleri şunlardır:

A) **Arapça**:

1) *Kadâyâ Muâsıra 1/ el-Fikru'l-Arabiyyu'l-Muâsır* (Çağdaş Sorunlar: 1-Çağdaş Arap Düşüncesi), Kahire 1976, 1983, Dâru'l-Fikri'l-Arabî (DFA), *2/ fi'l-Fikri'l-Garbiyyi'l-Muâşır* (Çağdaş Batı Düşüncesi), Kahire 1977, DFA.
2) *et-Turâs ve't-Tecdîd, Mevkıfunâ mine't-Turâsi'l-Kadîm* (Gelenek ve Yenilenme, Eski Gelenek Karşısında Tutumumuz), Kahire 1980, el-Merkezu'l-Arabî li'd-Dirâsât ve'n-Neşr.
3) *Dirâsât İslâmiyye* (İslâmî İncelemeler), Kahire 1981, el-Anclu'l-Mısrıyye (Bazı makaleleri, *İslâm İlimlerine Giriş* adıyla yayımlandı: İstanbul 1991, İnsan Yayınları). Elinizdeki iki makalenin çevirisi de, bu eserden yapıldı.
4) *Mine'l-Akîde ile's-Sevra* (İnançtan Devrime), 1-5, Kahire 1984-1988.
5) *Dirâsât Felsefiyye* (Felsefî İncelemeler), Kahire 1987.
6) *Mukaddime fî İlmi'l-İsigrâb* (Batıbilime Giriş), Kahire 1991.

B) **Fransızca**:

1) *Les Methodes d'Exegese, Essai Sur La Science des Fondements de la Comprehension, İlm Usul al-Fiqh* (Yorum Biçimleri, Usûlu'l-Fıkıh Bilimine Dair Deneme), Le Caire 1965.
2) *L'Exegese de la Phenomenologie, L'Etat Actuel de la Methode Phenomenologique et son Application au Phenomene Religieux* (Görüngübilimin Yorumu. Görüngüsel Yöntemin Güncel Durumu ve Dinî Görüngüye Uygulanışı), Paris 1965, Le Caire 1980.
3) *La Phenomenologie de L'Exegese, Essai d'une Hermeneutique Existentielle a partir du Nouveau Testament* (Yorumun Görüngübilimi. Yeni Ahid'e Göre Varoluşsal Hermenötik Üstüne Deneme), Paris 1965, Le Caire 1981.

C) **İngilizce**:

1) *Religieus Dialogue and Revolution, Essays on Judaism, Christianity and İslâm* (Dinlerin Diyaloğu ve Yahudilik, Hristiyanlık ve İslâm Üstüne Denemeler), Cairo 1977, Anglo-Egyptian Bookshop.

Hasan Hanefî'nin pekçok makalesi Türkçe'ye çevrilmiş, *Tezkire, İslâmî Araşırmalar* ve *İslâmiyat* dergilerinde yayınlanmıştır.

SUNUŞ

Çağdaş müslüman düşünürlerin ilginç bir temsilcisi olan Hasan Hanefî'nin elinizde bulunan bu çalışması, *Dirâsât İslâmiyye* (İslâmî İncelemeler) adlı kitabında yer alan, "Eski kültürümüzde insan niçin ihmal edildi?" ve "Eski kültürümüzde tarih niçin ihmal edildi?" başlıklı iki incelemesi ile Marinus van den Boom'un *"Devrimci Bir Düşünür: Hasan Hanefî"* adlı incelemesinden oluşuyor.

Hasan Hanefî'nin bu çalışmasında, insan ve tarih konularını ele alışı, müslümanların bilim alanındaki ilerleme ve belirlemelerini farklı ve eleştirel bir okumadır. Yazar, insan ve tarih konularının, İslâm uygarlık tarihi içinde gelişen bilimler tarafından parçacı yaklaşımla ele alındığını, bütünlükten uzak bu tür yaklaşımların yetersizliklerini belirtmektedir. Dolayısıyla bu çalışma, insan ve tarih bağlamında bilimlerin gözden geçirilişi olarak okunabilir.

Eserin, okuyuculara yararlı olmasını dileriz.

İstanbul 2000 — Doç. Dr. Vecdi AKYÜZ

İÇİNDEKİLER

Sunuş / 3

Birinci Bölüm
Eski Kültürümüzde İnsan

1. "İlmu't-Tevhîd"de İnsan / 11
2. Felsefe'de İnsan / 20
3. Fıkıh'ta ve Fıkıh Usûlü'nde İnsan / 25
4. Tasavvuf'ta İnsan / 29
5. Öteki Bilimlerde İnsan / 30
6. Kur'ân'da İnsan / 31

İkinci Bölüm
Eski Kültürümüzde Tarih

1. Tarih Bahsine ve Tarih Bilincine Giriş / 36
2. Dairevî Bilimler / 37
3.Usûlu'd-Dîn Biliminde Tarihe Özlem / 41
4. Hikmet Bilimlerinde Tarihin Kayboluşu / 52
5. Tarihin Tasavvuf Bilimindeki Yükselişi / 55
6. Usûlu'l-Fıkıh Biliminde Tarihin Düzenlenişi / 59
7. Naklî Bilimlerde Tarih Rivayeti / 63
8. İnsanî Bilimlerdeki Tarihin Tabakaları / 67
a) Yıllıklar / 67
b) Tabakat Tarihi / 68
c) Bilgeler Tarihi / 68
d) Eserler/Literatür Tarihi / 69
e) Bilimler Tarihi / 69
f) Bilimsel Terimler Tarihi / 69
g) Medeniyetler ve Milletler Tarihi / 70
9. Ümran Biliminde Tarihin Yitikliği / 70
10. Sonuç / 77

Ek

Devrimci Bir Düşünür: Hasan Hanefî

(Marinus van den Boom)

Akıl ve Vahiy / 83
İnanç İlkelerinin Akılcılığı / 85
Tanrı'nın Tözü ve İnsanî Özgünlük / 87
Tanrı'nın Özellikleri ve Kendini Gerçekleştiren İnsan / 89
Özgür İrade ve Kader / 90
İnanç ve Toplumsal Eylem / 92
İslâm'ın Toplumsal Coşkusu / 95
Siyasal ve Toplumsal Adalet / 98

BULDURUCU /101

Birinci Bölüm

Eski Kültürümüzde İnsan

İçimizden biri kendisini eski kültürümüzde aramak isterse, asla bulamayacaktır. Kriz işte burada görünüyor. İnsan şahsiyetini hissediyor, sonra onu medeniyetinde arıyor ve bulamıyor. O, eskiden; eski de ondan uzak kalıyor. İnsandan ve insanın medeniyetinden çokça sözedilen bir çağda yaşıyor olmamız, işi daha da karmaşık bir hâle getiriyor. Kendimizi, bu söz içinde belki buluruz diye arıyoruz. Geçmişten kopukluğumuz giderek artıyor. İşte burada sorup duruyorum: İnsan konusu eski kültürümüzde niçin ihmal edildi?

Sorunun ifadesi, kabul edilmeyebilecek bir yargıyı içeriyor. Çünkü bazıları şöyle diyor: İnsan eski külütürümüzde ecdadın bize bıraktığı her bilimde vardır. Usûlu'd-dînde hürriyet ve ihtiyar, hüsn-kubh, iman ve amel, imâmet ve siyaset yok mudur? Filozoflar insanın teorik ve pratik güçlerinden ve yardımlaşma ihtiyacından söz etmemiş midir? Sûfîler insanın iç dünyasını ve psikolojik durumlarını tahlil etmemiş midir? Fukaha insanın davranışları için kurallar koymamış mıdır? Evet, bu doğru. Ama akılda bir bahis, varlıkta bir mıntıka, hayatta bir eksen veya evrende bir kutup olarak insan. İnsan dediğimde, insan oluş açısından insan, sıradan insanı kastediyorum; imam, reis, emîr veya yöneticiyi, yani başkasında tekrarlanmayan ayrı ve sıradışı insanı değil. Eski kültürümüz dediğimde ise, yaşadığımız ve davranışımızı yönlendiren kültürümüzü kastediyorum. Bu, sünnî kültürdür. Onun için, insanın küçük bir dünya, dünyanın ise küçük bir insan olarak göründüğü ve *İhvanu's-safa* risalelerindeki gibi iki dünya arasında bir karşılık bulmak için "ilmu'l-mîzan"ın (denge biliminin) kurulduğu Şiî kültüre, kimse karşı çıkmasın.

Soru, bir kültürden diğerine taşıyarak, bir övünme yeri arayarak, ya da dışarıdan bir yenilenme arzulayarak eski kültürümüze komşu bir medeniyeti gözden ırak tutmayı içermez. Bilakis bu soru, karşı karşıya olduğumuz bir krizin teşhisine bir girişimi içerir. Bu, eski kültürümüzde ihmal edildiği için çağdaş vicdanımızda insanın kayboluşunda aradığımız insanın çağdaş krizidir. Çağdaş hayatımız, insanın varlığı üzerine kurulmuş değildir: Büyük sayılar camiası, insan kitlelerinin birleşimi, kalabalık yollar, parlamento meclisleri, bilinci kayıp çoğunluk partileri, son olarak insanın ferdî boyutunun kaybolduğu ve insanın iktidar, toplum ve aileden baskı gördüğü çağdaş hayatımızın bildiğimiz görüntüleri. Genel davranışımızda ferdiyete; istisna, sapma, iddia ve taklit dışında yer yoktur. İnsanın çağımızdaki asıl krizi, kayboluş krizidir. Bu, doğrudur denilebilir. Ancak, çağdaş vicdanımızda insanın kayboluşu, üniversitelerde yer darlığı, kamu taşıma araçlarının kusuru, sağlam veya halkçı temellere sahip partilere dayalı parlamenter temsilin kayboluşu, bütün vatandaşların ülke (yani Mısır) topraklarının %4'ünü geçmeyen Nil vadisinde yığılması, her yıl milyonun üzerinde seyreden nüfus artışı sonucunda sosyal, siyasî ve ekonomik durumlarımızın bir sonucudur. Evet, bütün bunlar doğrudur. Hepsi gerçek olaylardır. Ancak bunlar olayın taşıyıcılarıdır, onun delilleridir. Ama olayın kendisi değildir. Olay, millî vicdanımızda mevcuttur. Onun eski kültürümüzde, yani gelenekten devraldığımız ve günlük davranışlarımızın yönlendiricisi olmakta devam eden dünya tasavvurlarımızda kökleri vardır. Yaşadığımız dünyayla ilgili tasavvurlarımız, millî davranışımızın yönlendiricisidir. Bu yüzden çağdaş gerçeğimizdeki insan krizi, ki bu onun kayboluşudur; ancak hissî tasavvurlarımızı yeniden kurmak, insanı ortaya çıkarmak için nefsî (psikolojik/öz) yapıları yeniden işlevselleştirmek ve onu çağdaş vicdanımıza getirmekle çözülebilir.

Gerçek şu ki, eskiyi iyice incelediğimizde insanı her iklimde yer almış, her ekolde temsil edilmiş ve her düşüncenin arkasında görünüp kaybolmuş buluruz; ama dil, akaid, ilahiyat ve hukukla ilgili yüzlerce kapak tarafından kapanmış olarak. Eğer bu kapaklar kaldırılabilirse, her din ve şeriatin ekseni ve her dil ve düşüncenin arkasında olarak apaçık bir şekilde ortaya çıkar. Öyleyse görevimiz, insanı görmek üzere bu perdeleri açmak, bu kapakları kaldırmak ve bu kabukları çıkarmaktır. Böylelikle, medeniyetimizi eski ilahî döneminden yeni insanî dönemine taşıyabilelim. Medeniyetimiz Allah'ta yoğunlaşacağına ve insan kapaklar içinde bulunacağına, insan çevresinde yoğunlaşır ve insan, kapakların dışında kalır. Bu, kolay bir görev değildir. Çünkü medeniyetin hareketini Allah'tan insana taşımayı ve kutbunu "Allah'ın bilgisi"nden "insanın bilgisi"ne dönüştürmeyi amaçlar. Böylece çağımızdaki insan krizini çözebiliriz. Bu kriz, insanın millî düşüncemizden gidişidir, kayboluşudur.

1. "İlmu't-Tevhîd"de İnsan:

Eski "İlmu't-Tevhîd" (kelam, teoloji), dünya tasarımlarımızın belirlendiği bilim, bize hayatın ilk prensiplerini belirleyen "ilmu usûli'd-dîn" olduğuna ve eskilerin özgün bir biçimde ortaya koydukları, bağımsızlık ve özgünlüklerini gösterdikleri bir bbilim olduğuna göre, içerik ve özü - ki bu insandır- yüzlerce dış perde ve kapakla insanı kuşatmış bir bilim demektir. Öyleyse bu kapakları tek tek kaldırmaya ve perdeleri açmaya çalışalım.

"İlmu't-Tevhîd" iki teorik öncülle başlar. Birincisi "nasıl bilirim?" sorusuna cevap olarak "bilgi"yle, ikincisi de "neyi bilirim?" sorusuna cevap olarak "varlık"la ilgilidir. Birincisi bir bilgi, ikincisi bir varlık teorisi ortaya koymak içindir.

Bilgi teorisi; cehl, vehim, zan, şek, taklit ve ilham gibi bilgimsi şeyleri ve bilginin zıtlarını reddederek his, akıl ve tevatür, yani tarihî bilgi gibi düşünce yöntemlerini kurmakla işe başlar. Burada his, hem iç ve dış tecrübeyi, hem de akıl, sezgi ve akıl yürütmeyi kapsar. Bunların yanısıra tecrübeleri, her günkü olayların akışları, âdetleri, meşhur şeyleri, zanları da kapsar ki, bunlar çoğu defa gelenekler, eskilerin sözleri, hikmetler ve atasözlerindeki gibi hükümler için bir kaynak olarak aldığımız halk bilgisidir. Ayrıca, mütevatir de buna dahil olur. Mütevatir, duyma yoluyla gelen ve bize ulaşıncaya kadar tevatüren nakledilen vahiydir. Tarihî bilginin bir mantığı olarak tevatür, kesin bilgi ifade eder. Böylelikle dışarıdan, bilgi teorisi kurmaktan maksadın, bilgi için alanı açmak olduğu görünür. Nübüvvet, bilginin bir kaynağıdır. Gerçekten bilgi teorisi, hissî, aklî ve tarihî bilgi gibi insan bilgisinin bir teorisini kurmaktır. Buna bağlı olarak da, vahiy bir bilgi teorisine dönüştürülebilir ve insanî bilgi çerçevesine sokulabilir. Bilim ve bilgi oluşu açısından bilgi teorisi, insanı açıklar. Bu, teorik öğütler koymak, ilham ve keşfî bilgilere boğmak, teslimiyet istemek, taklide yöneltmek ve vehim ile zanna düşürmek suretiyle, şimdiye kadar açıklamaya girişmediğimiz bir durumdur.

Varlık teorisine gelince, o, esasen bilinen hakkında düşünceye dayanır. Bu, bilinen şey, bir varlık hakkında hüküm yürütmek üzere dış varlıktır. Varlığın bir anlamı vardır, her şeyin bir içeriği bulunmaktadır. Varlığa, hâdis veya mümkün olduğu biçiminde bakmak, şeyin maddî varlığından manevî varlığına geçen bir bakıştır. Bu geçişin, Allah adına, ki o kadîm ve vaciptir, ortaya çıktığı doğrudur. Ancak bir anlamı araştırmak, aslında insanî bir durumdur. Varlığın tahlilinde insan, nicelik ve nitelik, yani ârâzlardan (tözlerden) biri oluş açısından ortaya çıkar. İç ve dış hislerin tahlili, aklın tahlili, iç ve dış ma'kulâtın nitelenmesi, ayrılan (mufâraka / gök akılları) ve ayrılmayan (gayru'l-mufâraka / cisim olmayan) nefsin tahlili yapılır. Bütün bunlar, kadîmi ispat için hudûs deliliyle kapalı, vacibi ispat için imkân delili arkasında saklı, ba's ve mead, mümkün oluşu için ayrılan nefsi ispat etmek üzere nefis güçlerinin tahlili arkasında gizli olarak görünse bile, tabiatın arkasında veya altında insanın varlığını gösteren konulardır. Bununla birlikte, İbn Hazm gibi bazı usûlcüler, varlığın böyle ilahî biçimde kullanılmasını kabul etmezler. Onu tabiat hakkında bir konuya dönüştürür ve onun hakkında başkalarının yaptığı gibi yaratıcının ispatı için değil, insanın menfaatine âmâde kılmak üzere tabiat kanunlarını bilmek için başlarında coğrafya ve iklimle ilgili görüntülerin bulunduğu tabiat ve kâinatla ilgili görüntülerden söz eder. Tabiat ise insan için vardır.

Genel felsefenin (bilgi ve varlık teorisinden sonra, ki bunlar ilmu't-tevhîd'de iki teorik öncüldür) üçüncü konusu olarak değerler teorisi gelir: Doğruluk, iyilik ve güzellik. Bazıları dördüncü bir değeri daha ekler ki bu, kussal veya dindir. Kimileri ilk üçünün toplamı oluşu itibariyle ve bizzat ilmu't-tevhîd'in gerçekte değerlerin araştırılması, usûlu'd-dîn bilginlerinin karar kıldığı sekiz konusunun gerçekte ilk üç değerin ayrıntısı, türü ve alt dalı olduğundan hareketle üç değere bunu eklemezler. Çünkü bu değerler, saf insanîdir ve "ne umuyorum?" sorusuna insanın cevap arayışını yansıtır. Çünkü doğruluk, insanî bir istektir. İyilik, insanî bir arzudur. Güzellik insanî bir zevktir.

Bu üç değerin özel bir biçimde anlatımı oluşu itibariyle ilmu't-tevhid'in konuları, insanî konulardır. Usûlu'd-dîn bilginleri, bu konuları sekiz başlıkta toplamıştır: Dördünü ilahiyat, bazen de akliyyât başlığı altında incelemişlerdir; bunlar zât, sıfat, halku'l-ef'al (insan eylemlerinin yaratılışı), husn-kubh, akıl ve nakildir. Diğer dördünü de sem'iyyât ya da nübüvvât başlığı altında incelemişlerdir; bunlar nübüvvet, me'ad, iman, amel ya da esmâ, ahkâm ve imamet konularıdır. "Fırak" (mezhepler) konusu da imamet konusunun bir eki olarak yer alır.

İşte eski ilmu usûlu'd-dîn'in yapısı budur. Bu yapıda, insan için bağımsız bir konu görünmüyorsa da, bu kapakların arkasına iyice baktığımızda ve bu kabukları soyduğumuzda insanı onların içinde ve altında belirsizce yer etmiş buluruz. Gerçekte ilahiyat, her ne kadar zât, sıfât ve ef'al açısından Allah hakkında bir teori gibi görünüyorsa da, zât, sıfât ve ef'al açısından insan-ı kâmilin bir nitelenmesidir. Bu, ilahiyatın iki esasa ayrılmasından ortaya çıkmış görünüyor: Tevhîd ve adl. Tevhîdin aslı Allah (zât ve sıfât) konusunu ele alıyorsa, adlin aslı insan (halku'l-ef'al, hüsn ve kubh) konusunu ele alıyor. Öyleyse insan, ilahiyatta belirsizce yer etmiştir.

Durum sem'iyâtta da böyledir. Şöyle ki: Yine insanın, dört konusu arkasına gizlendiğini görüyoruz: Nübüvvet, meâd, iman ve amel, imamet. Peygamberin Allah ile irtibat kurmasının mümkün oluşundan ve Allah'tan bir mesaj getirdiğinden söz eden nübüvvet, gerçekte düşünce ile gerçek arasında bir iletişim halkası olarak insan, insanın gerçekleştirdiği ve gelecek nesillere ulaştırdığı misyon sahibi oluşu, bir tarihi olduğu, ki bu vahyin ve nihaî bağımsızlığına kadar insanî bilincin gelişimine uygun olarak dönem dönem indirilişinin tarihidir, vahyi kavramanın ve gerçekleştirilmesinin mümkün olduğundan ve dünya için tabiatın kemalini bulduğu ideal bir sistem olmasının imkânından söz eder.

Ba's ve nuşûr, hesap, sevap ve ıkâp konularını ele alan meâd da, insan ve geleceğini açıklar. İnsan yeniden dirilecektir, ölüm ve fanîliği aşacaktır, ebedîliğe kavuşacaktır. Nasıl ki nübüvvet insanın geçmişinden söz ederse, meâd da onun geleceğinden bahseder. Ne var ki eskiler, insanın geleceğini ölüm ötesinde görmüşlerdir. Bizim krizimiz, insanın varlığında ve ölümden önceki geleceğindedir. Eskiler insanın geleceğini gökte görmüşler, oysa bizim krizimiz insanın yeryüzündeki geleceğini araştırmaktır.

İlmu't-Tevhîd

İlahiyat

1) Zat (töz) ve mıfat
2) Halku'l-ef'al (eylemlerin yaratılışı)
3) Hüsn-Kubh (iyilik-kötülük)
4) Akıl ve nakil

Sem'iyyât
(Nübüvat)

1) Nübüvvet (peygamberlik)
2) Meâd (eskatoloji/ahiret
3) İman ve amel (esma ve ahlâk)
4) İmamet ve Firak (mezhepler)

Esmâ ve ahkâma gelince ki bunlar iman, küfür, fısk, isyan kavramları ve onların hükümleridir. Bunlar, iman ve amelin ya da düşünce ve amelin konusudur. Bu, özellikle hükümleri ertelediğimizde, öze ulaşmak için kabukların soyulmasına ihtiyaç duymayan saf insanî bir konudur. Hem iman, hem de amel, insanın düşüncesinden ve amelinden bahseder; tıpkı nübüvvetin insanın geçmesinden, meâdın da geleceğinden söz edişi gibi.

İmamet ise, ki o sem'iyyât'ın son konusudur, kabukların soyulmasına ve perdelerin kaldırılmasına muhtaç değildir. Çünkü imamet, açıkça siyaseti ve özellikle ehl-i sünnetten olduğumuzda bir düzen içinde insanların birlikte yaşamasını gösterir. Çünkü imamet, tevhîdden çok fıkh'a, usûl'den çok furû'a yakındır. Böylelikle de teorik değil pratik, ilahî değil insanîdir, nas ve tayinle değil, bey'at ve şûra ile belirlenir. Ancak şu noktadan eleştirilebilir: İmamet, kişilerden sarfı nazarla bütünüyle imamda yoğunlaşmış, bağımsız bir konu olarak siyasetten çok imamın haklarını ve görevlerini ele almıştır.

İmametten sonra fırkaları ele alan son eke gelince, görünüşte fırkaların sunuluşu ve inanan ile küfre düşen hakkındaki hüküm gibidir, ancak gerçekte o, toplu insan eyleminden, tarihte uygulanışından, gruplaşmadan, meşruluk ve iktidar için çatışan sosyal güçlerin birleşmesinden söz eder.

Öyleyse ilmu usûlu'd-dîn, yapısıyla, insanın bilgisinden, varlığından, zâtından, sıfatlarından, aklından, geçmişinden, geleceğinden, amelinden, toplumundan ve tarihinden söz eder. Fakat bunu bizzat insan için bağımsız bir konu ayırmaksızın gerçekleştirir.

Sekiz konuyu tek tek ele aldığımızda, birinci konuyla, ki o zâttır, ilahî zâtın kastedildiğini görürüz. Ancak onun altı niteliğini incelediğimizde, ki bunlar vücud, kıdem, beka, muhâlefetun li'l-havâdis, iftikâr ilâ mahal ve vahdaniyettir, saf insanî nitelikler olduğunu görürüz.

"Zât" kelimesi, İbn Hazm'ın da belirttiği gibi, Kur'an'da Allah'ı anlatan bir terim değildir. Bilakis insanın bir niteliğidir. Nitekim "*Allah kalblerde olanı* (zâtu's-sudûr) *bilir.*" (*Ali İmran*, 3/119) âyetinde bu açıktır. "Zât", iç veya sosyal boyutu gösterebilir: "*Aranızı/içinizi* (zâte beynikum) *düzeltin.*" (*Enfal*, 8/1) Bir mekâna yönelişi anlatabilir: "*Sağ* (zâtu'l-yemîn), *sol* (zâtu'ş-şimal). Manevî şeylere nisbet edilebilir: "*Güzellik sahibi* (zâtu behcet)", "*güç sahibi* (zâtu şevket)". Hissî şeylere de nisbet edilebilir: "*Alevli ateş* (nâr zâte leheb)" (*Mesed/Tebbe*,111/3).

Felsefe tarihinde "zât", düşünce sahibi, bağımsızlık sahibi, yani ben, cogito, bilinç, şuur, vicdan ve insanî varlık oluşu açısından insan hakkında söylendiği bilinen bir söz olarak kabul edilir. "Zât", sayma yoluyla ilahî zâtı göstermek için ödünç alınan insanî bir sözdür. "Zât"ı, yücelen, bağımsızlaşan ve aşkınlaşan yönüyle görünce, onu Allah'a nisbet ederken onun "zât" olduğunu niçin nitelemiyoruz? Vücûd (varlık) da insanî varlıktır.

Kıdem, derinlik ve kaliteyi nitelediğimiz bir kelimedir, "eski peynir", "yıllanmış şarap", ilk bakışta sevme için "seni çok eskiden tanıyor gibiyim" sözlerindeki gibi.

Beka, insanî bir istektir. Hepimiz bâkî kalmayı isteriz. Bizde kalan, gidenden daha üstün ve büyüktür. Hatta "Ondaki herkes "fânîdir." dediğimizde kendimize üzülürüz, ölüleri olduğunda dirilere baş sağlığı dileriz ve "Sen yaşa, kalan sağolsun." deriz.

Muhâlefetun li'l-havâdis'te, zâtı benzerlerinden münezzeh tutma, en yüksek seviyelerle şereflendirme, hissî eksiklik görüntülerinden uzaklaştırma ve maddî varlığın kusurlarından arındırma vardır. Bu, çağdaş devrim felsefesinin bilinç veya saf-şuur hakında, başlarında İbn Sîna'nın bulunduğu eski filozoflarımızın "uçan/uzaydaki ben" (el-ene't-tâir) hakında söylediği şeydir.

İftikâr ilâ mahal de, sûriyi ve mücerredi, bir zaman ya da mekanla sınırlanmayan ve belirlenmeyen geneli ve kapsamlıyı araştırma konusunda bir istektir; bu, zaman ve mekân sınırlarını aşan zât oluşu açısından filozofların belirttiği evrensel/mutlak zâttır.

Vahdâniyet, tek ve yegâne oluşu, cemaatin kavrayamayışı, meçhul denize girmeyişi, şekillenmeyen ve hissî bir şekilde ortaya çıkmayan saf bir vicdan olduğu için görülemeyişi dolayısıyla düşünürlerin insanlık zâtına verdiği niteliktir.

İlahî zât, gerçekte insanî zâtı açığa çıkaran bir perdedir.

Yedi zât sıfatına gelince, ki onlar ilim, kudret, hayat, sem', basar, kelam ve iradedir. Her ne kadar eskiler onları Allah'a ait kılmışlarsa da, gerçekte saf insanî niteliklerdir.

"Sıfat" kelimesi, Allah'ın sıfatı olarak Kur'ân'da yer almamıştır. "Yasıfu" (niteliyor) fiili, insanın bir eylemi olarak yer alır. Bu, kınanan bir eylemdir. Çünkü insan diliyle "yalan"ı niteler, nitelediğinden dolayı ona yazıklar olsun: "Allah onların nitelediklerinden uzaktır." Öyleyse bu sıfatlar, insanın gerçekleştirmeye çalıştığı hülyalarını, isteklerini ve yüksek ideallerini anlatan saf insanî niteliklerdir. İş zorlaşınca, onları kullanmış, sınırlamış, belirlemiş, kutsal saymış; ibadet etmiş, diyalog kurmuş, yakarmış ve dua etmiştir.

İlim, teorik ve pratik insan güçlerinin anlatımıdır. Sem' ve basar, bilginin hissî ve tecrübî karakterinde yoğunlaşmadır. Kelam, ilmin bir dilde iletilmesi veya tutkuya boyun eğmesi ya da gidip gelen geçici tepkisi anlatan bir şey olmadığını, bilakis tuku ve tepkilerden bağımsız objektif bir bilgi olduğunu gösterir.

İnsan, sıfatlarını geri alsa ve onları hayatında bilfiil gerçekleştirse, apaçık olarak ortaya çıkar. Böylece acziyet kapakları ve kusur kabukları arkasında kapanması ve saklanması yerine insanlar onu sahnede açık olarak görürler.

Eskiler, isimleri sıfatlardan daha fazla saymışlar ve Allah için doksandokuz isim belirlemişlerdir: "*En güzel isimler Allah'ındır.*" (*A'raf*, 7/180) Gerçek şu ki, "isim" kelimesi Kur'ân'da "Allah'ın adıyla/adına" ve "Rabbinin adıyla" şeklinde yalnızca "Allah" ve "Rabb" kelimeleri için geçer. Ancak, insanı göstermek için de kullanılır: "*İsmi, mesihtir.*" (*Ali İmran*,3/45), "*İsmi, Yahya'dır*" (*Meryem*, 19/7), "*İsmi, Ahmed'dir.*" (*Saf*, 61/6) Çoğulu olan "Esma" ise hem Allah için ("En güzel isimler onundur."), hem de insan için geçer. Eşyaya verilen insanî isimler, dildeki "isimler" anlamında değildir. "*Adem'e bütün isimleri öğretti.*" (*Bakara*, 2/31); yahut da onlar mantık diliyle öncüsüz isimlerdir: "*Bunlar, sadece sizin ve atalarınızın onlara verdiği isimlerdir.*" (*Necm*, 53/23). İsimler, Allah için sözkonusu edilen bu isimler, sadece yaklaşık bir anlatımdır. Gerçek şu ki isimler, bilim ve hikmet gibi teorik güçleri, başlama, iade ve tasvir (şekillendirme) gibi pratik güçleri ve mağfiret, tevbe, hesap ve ıkâp gibi yönetim güçlerini de gösterir, ki bu üçü insanın melekeleridir.

Sonraki konuya, yani fiiller konusuna geçtiğimizde, zât'sız, sıfatsız ve esmâ'sız görürüz ki bunlar hakkını geri almaya başlar, insan için fiillerinin yaratıcısı bir nitelik olur. Son olarak cebir ile ihtiyar arasındaki bilinen bağlantı ortaya çıkar. Bazıları insanın fiillerinin yaratıcısı oluşunda, fiilden önce, fiil sırasında ve fiilden sonra gücü (istitâ'a) bulunuşunda bir sakınca görmez. Tabiata bağımsızlık vermekte, konularının sürekliliğini ortaya koymakta, hikmeti kudrete, aklı iradeye üstün kılmakta, kendisini itham etmeksizin, başkasını saklamaksızın ya da kendisini aklamaksızın, başkasını suçlamaksızın, yahut iyiliği kendisine, kötülüğü başkasına, veyahut da şerri kendisine, iyiliği başkasına vermeksizin dünyada meydana gelen iyilik ve kötülükten insanın başkasını değil, kendisini sorumlu saymasında bir sakınca görmezler. Fiillerin yaratılışı (halku'l-ef'âl) konusu, bizi kuşatıcı ilahî kudret veya ilahî ilim şiarıyla kapanmış hür insanın fiiline yöneltir. Kapağı kaldırdığımızda, hür insanın fiili ortaya çıkar ve kaybolduktan sonra insan huzura gelir.

Aynı şey, zihin, anlama ve kavrama kudreti oluşu açısından insan için akıl sabit olduğunda ve otoritesini geri aldığında hüsn-kubh, akıl-nakil konusunda da ortaya çıkıyor. Zât, sıfatları, fiilleri ve isimleriyle gizlenir, vahiy ortaya çıkar. Âdeta insan fiilinin akıl ve fikir yürütme gücünü tehdit eder. İlim veya kelam sıfatları, teorik kuvvet oluşu açısından insanı kapatmak, kudret ve irade sıfatları da pratik kuvvet oluşu bakımından insanı kapatmak üzere meydan okur. Ancak insan, aklı nakil için esas yaptığında teorik ve pratik güçlerini geri alır. Akıldaki kusur, nakildeki kusurdur. Esas olan, ikisinin ittifakıdır. Bir çelişki göründüğünde, nakil akla uygun olarak yorumlanır. Gerçek açısından hüsn (iyilik) ve kubh (kötülük), fiillerin iki zâtî sıfatıdır, objektiftir ve somut bir dış iradeden bağımsızdır. Dünya bir gayeye göre yürür. Bu gaye, salâh (iyi) ve aslah(daha iyi)tır. Hayat bir kanuna göre yürür. Bu, istihkak (hak ediş) kanunudur. İşte burada adl esası, insanın varlığını daha çok açıklayıcı ve tevhîd esasından daha az kapatıcıdır.

Sem'iyyât konularına geldiğimizde, nübüvvetin, ilim sıfatının müşahhas bir zâta verilişi, insanı ve çıkarlarını gözetme, bilgileri ve fiilleri konusunda ona bir yardım olduğunu görürüz. Vahiy, kastının insan, yönelişinin insanın çıkarı, Allah'ın insandan bir maksat, hayatından bir taraf, mutluluğundan bir hedef edindiğini, insan için insan diliyle meydana geldiğini, ilminin sözle döküldüğünü ve insan diliyle anlatıldığını, insanın durumuna göre biçimlendiğini, insanın gelişimine uygun olarak dönem dönem geldiğini ve sistemini insanın güçlerine göre şekillendirdiğini açıklar. Vahyin doğruluğunun delili, bir iç doğruluktur. Bu da, onun aklen kabul edilmesi ve fiilen gerçekleştirilmesidir. İnsanî bir delildir de diyebiliriz. Bu da gerçekteki doğruluğu ve sanattaki i'cazı (mucizeliği, erişilmezliği) açısından bizzat vahiydir. İçerik, yani düşünce ve şeriat, şekil, yani üslup ve ifade açısından vahiy, insanın çıkarını gerçekleştirmek için indirilmiştir. Vahiyde önemli olan, birinci taraf, yani gönderilen değil, ikinci taraf, yani kendisine gönderilendir. Bizi dikey tarafı değil, yatay tarafı ilgilendirir. Böylece de insanın kapaklar arkasından ve kişileştirmenin derinliklerinden ortaya çıkarılması mümkün olur.

Meâd işlerine gelince, özel yoluyla ve adalet ile hukukun hâkim olduğu bir dünya konusunda insanın hülyaları, zamandaki kusuru ve fiilin sınırları dolayısıyla bu dünyanın sürekli ve etki-tepki açısından sonsuzluğuyla ilgili şekil ve hayale dayanan teknik üslûpla anlatılır. Hak, bâtılı dürecektir, adalet zulmü yok edecektir; keşif ise perde ve karanlığı açacaktır. Meâd işleri, insanın daha iyi bir gelecek konusundaki emelini anlatır. Bunun için akaid bilginleri onları "uhrevî işler" veya "uhreviyyât" (ötedünya konuları) olarak adlandırmıştır. Çünkü ömrün ve zamanın sonunda meydana gelmektedirler. Başkalarından farklılığı, Hristiyanlık, Yahudilik, Afrika "mişyaniyye" (Mesihçi, kurtuluşçu) dinlerinde ve Şia inancında olduğu gibi zamanın sonunda gelip *beklenen mehdi* (Mehdi-i Muntazar) olacak bir kurtarıcıda kişileşmeyişidir. Bilakis, tabiî olarak, şahsî olmayan bir biçimde ve insanın işinin ve aklının sürekliliğini vurgulamak için, adalet yaygınlaşacaktır. Onda önemli olan, yöneten değil, yönetilendir. Yönetici, yönetilenin çevresinde perdedir.

Esmâ ve ahkâm konusu, yani aynı zamanda insanın dünyevî ve uhrevî sonu için gerekli hükümler olan küfür ve iman, fısk ve insandaki iki boyutu, söz ve şuurun yanısıra, düşünce ve eylemi açıklar. İnsan-ı kâmil, düşünce ile eylemini, sözü ile şuurunu birleştiren, yaptığını söyleyen, söylediğini yapan, düşündüğünü hisseden ve hissetiğini düşünen kişidir. Bu, saf insanî bir konudur ve özellikle hükümleri ertelediğimizde insanî konuların en az kapalısıdır. Önemli olan hüküm veya yöneten değil, yönetilen, yani söyleyen ve yapan, düşünen ve hisseden insandır. Kapak, bizi yönetmek suretiyle bizim için konuşan, bizim için yapan, bizim için düşünen ve bizim için hisseden bulunduğunu uzaklaştırdığımız sürece vicdanlarımızdan düşer.

Son konuya, yani imamet konusuna gelince, bu da en az kapalı konulardandır. Çünkü, mutlak önceliği yönetilene değil de yönetici insana vermekle ve kişilerden bağımsız bir konu oluşu itibarıyla siyasî problemi belirlemekle birlikte insanın sosyal ve siyasî boyutunu açıklar. Siyasetin imamette kişileşmesi, tıpkı Allah'ın zâtta, adaletin meâdda kişileşmesi gibidir. Şiî düşüncesindeki imamın ululaştırılışına, beklenişine, takıyyesi, taati, bilgi ve ameline yaklaştığımız sürece kapaklar artar.

İmametin ek konusuna geldiğimizde, ki bu heva (tutku) ve bid'at ehliyle ilgili hükümdür, medenî insanı ya da insanın tarihî boyutunu görürüz. O, bölünme, ayrılık, çoğalma ve çeşitlenme yerine fikrinin bütünlüğünü, milletinin ve tarihinin birliğini araştırmaya çalışır ki bu niye millet veya tarih birliğinin insanın peşinden koştuğu gaye, düşünce seviyesinde birleşmiş milletin, tarihî seviyesinde birleşmiş millet olduğunu gösterir.

Bütün bunlar, insan konusunda bağımsız hiçbir bahis olmaksızın perdeler arkasındaki insanın açığa çıkarılışıdır. Âdeta gizlemek istediğimiz, yayılmış ve açığa çıkmıştır. İnsan, genişleyen bir eksende merkez olacağına ve etrafı gökyüzü ile yeryüzü arasında, tarih ile gelecekte ve her yöne uzanır. İlmu usûlu'd-dîn'deki bütün durumu, "insan-ı kâmil"in nitelenmesi biçiminde özetleyebiliriz. Ancak ne yazık ki onu bambaşka biçimde konumlandırmışlar ve değerlendirilişinde aşırı giderek görevleri gelişigüzel belirtilmiş, sonra da erişilmesi ve gerçekleştirilmesi zor olduğundan ilahlaştırılmış ve ona tapılmıştır.

2. Felsefe'de İnsan:

Hikmet bilimlerine, yani felsefeye gelince, yine insanın, felsefenin kısımlarından bağımsız veya özel bir kısımda ortaya çıkmadığını görürüz.

Felsefe üç kısma ayrılır: Mantık, Tabiiyyât, İlahiyyât. Mantık, bir ölçü bilimidir, saf şeklîdir, düşünceyi hatadan koruyan kaideleri belirler. Tabiiyyât, tabiatın bir incelenmesi ve teorik esaslarının bilinmesidir. İlahiyât, Allah konusunu sırf şeklî bir konu olarak ele alır. Mantık bütün bilimlerin girişi ve âleti olduğuna göre, felsefenin gerçek bir taksimi, tabiiyat ile ilahiyat, yani insan değil, âlem ile Allah arasındadır. Âdeta âlem ile Allah, insana ihtiyaç olmaksızın kevnî (kozmik) bir bütünlük içinde birlikte yaşamaktadır. Tabiiyât, bizzat ters çevrilmiş ilahiyât yahut ilahiyâta götüren bir merdiven olduğuna göre, bütün felsefe tek bir kısımdan, yani ilahiyâttan öteye geçmez. Öyleyse, bağımsız veya gizli bir konu olarak insan nered5edir?

İnsan bazan tabiiyâtta, bitki ve hayvan gibi bir tabiî varlık olarak görünür, ama daha şerefli bir derecede ve daha üstün bir seviyede. O, fânîlik ve üreme güçlerinde nebata, hissedici ve hareket edici güçlerinde hayvana benzer. Tabiatın diğer tabiî varlıklara uygulanan kanunları onun için de geçerlidir. İlahiyâtta da insan, başka bir dünya ile, ki bu insanın bilgi ve irfanını aldığı ve insanın sonunu ve değerini belirleyen faal akıldır, ilişki kurmak için üçüncü bir kuvvetle, düşünme kuvvetiyle ayırt edilir. İlahiyâtta iletişim veya işrâkıye teorisi, insanın munfail (edilgin) veya müstefad (kzanılmış) akla uğrayarak, bilkuvve (potansiyel/maddî) akıldan bilfiil (fiil hâlindeki) akla geçebilmesi için bilgilerin nakşedilmesine dayanan teorik kuvvet oluşu açısından insanî varlığın bir anlatımıdır. Bütün bu akıllar, bedenle birlikte müstağni olurlar, çünkü bu ondaki bir durumdur. Yalnızca faal (etkin) akıl, ölümsüzdür ve ebediyete kalır. İşte burada da insan, ilahiyâtın bir parçasıdır, ona giden bir yoldur. Onun bağımsız bir varlığı veya başka bir sözü ispatlamak için kullanılmayan bir sözü yoktur.

Ancak, perdeleri kaldırır ve felsefenin bu üç bölümü arasına yayılan insanı araştırırsak, insanı onun altına defnedilmiş ve yeniden dirilmeye muhtaç olarak görürüz. Mantık mesela, bir düşüncedir. Düşünce, insanın düşüncesidir, yani felsefede ilk kısım mantıktır, gerçekte o altında insanın saklandığı bir kapaktır. Mantık ilk kısım olduğuna göre, insan da bilimlerin ilki olur. Mantık bütün bilimlerin şartı, mukaddimesi ve âleti olduğuna göre, bilime insanî giriş, bilimin şartıdır. İnsanî bilim, tabiî ve ilahî bilimin temelidir. Böylelikle de insanın dünyadaki durumunun ortaya çıktığı şekil gerçekleşmiş olur. Buna göre, insan iki dünya arasındadır: düşünce dünyası (ilahiyât), gerçek dünyası (tabiiyât); İbn Sina'nın üç ansiklopedisinde, *Şifâ*, *Necât* ve *el-İşârât ve'-Tenbîhât*'ta tabiiyâtın ilahiyâta önceliği, yaratma açısından gerçeğin düşünceden önce oluşundan, insanın dünyadaki varlığının insanın Allah'la birlikte varlığından önce oluşundan ve yükselen diyalektiğin inen diyalektikten daha kesin oluşundan gelir. Bu, insanı açıklayan bir kapak olan mantık'ın yanısıra böyledir. O, düşünceyi hatadan koruyan kanunları koyar. Böylelikle de, insan düşüncesini, araştırma yöntemlerini ve anlatım biçimlerini, yani insanı düşünce ve anlatım açısından ele alır. Mantığın tasavvur ve tasdik biçiminde ikiye taksimi, tasavvura tanımla, tasdike burhanla erişilmesi, eşya insanın zihninde tasavvurlara dönüştüğünde, sonra da, tasavvurun gerçekleştirdiği bir iç kabul olan tasdikin oluşması için tasavvurların enazından ikisinin bir araya gelişinde, insanı kavramanın ve dünya ile ilişkisinin bir nitelenmesidir. Mantık bizi, dış dünyanın duyu ve tecrübeyle kavrandığı ya da zihinde tasavvur edilen bir dünyaya dönüştüğü mantığın temeli olarak insan fıtratının pekçok işaretinin göründüğü şuur âlemine, mantığın kullanılmasına ve genel hayattaki faydasına götürür. Düşünceye göre mantık, tıpkı şiire göre aruz, dile göre gramer gibidir. Ama sağlam fıtrat ve zevk, hem mantığın, hem de vahyin temelidir. Mantıktaki sözler bahsi, söz ve anlam, sözlü ve yazılı, tahlil ve terkip açısından insanın dilini gösterir. Mantıkta meselelerin küllî-cüz'î (tümel-ikel), mûcebe-sâlibe (olumlu-olumsuz), hamliyye-şartiyye (koşulsuz-koşullu), muttasıla-munfasıla (bitiştirici-kesikli), mahsume-mühmele (alınmış-ihmal edilmiş) biçiminde çeşitlenmesi, dil meselelerindeki fikrî ifadelerini, hisle kavrananların ve insani durumların anlatımını gösterir. Meselelerin vücûb (zorunluluk), imkân (olabilirlik) ve istihâle (olamazlık) biçimindeki yönleri, mantığın maddesinin sadece saf şeklî ihtimaller değil, gerçekle bağlantılı olduğunu ortaya koyar. Ayrıca, mantığın maddesi (konuları) mahsusâtı, mücerrebâtı, mütevâtirâtı, makbulâtı, vehmiyâtı, zâiâtı, maznunâtı, muhayyelâtı ve evveliyâtı kapsar. Bütün bunlar mantığı, insanın dünyası ve varlığıyla, gerçekleri ve hayalleriyle, yakîni ve zannıyla bağlar. İnsan mantığın altında belirsiz şekilde vardır. Ancak o, şekil ve sözlerin altına girerek açığa çıkarılmaya muhtaçtır.

Tabiiyât, insanın tabiatın enkazı altında saklı dünyasını açığa çıkarır. Arâz ve cevherlerin incelenmesi gerçekte insanın tabiatı kavramak için kendi zâtından ortaya çıkardığı insanî kategorinin tahlilidir. Hareket ve sükûn, zaman ve mekân, boşluk ve doluluk, sonluk ve sonsuzluk, dokunma ve beslenme, bitişiklik ve sürerlik, bütün bunlar dünyayı kavramayı, zihnin faaliyetini ve şuurun fiillerini gösteren kavramlardır;

bunlar, tabiî cismin yaptığı şeylerdir. Cisimlerin basit ve birleşik şeklinde ikiye ayrılması, birleşiklerin bu dünyanın cisimleri, basitlerin başka bir dünyanın kabul edilmesi, iki dünyayı, bu dünya ile öteki dünyayı ayırma temeline dayanan insanî bir bakıştır. Basit cisimler aktif, birleşikler pasiftir. Basit cisimlerin iradesi, bilinci ve hayatı vardır. Hareket ve sükûnlarından bu dünyadaki birleşik cisimlerin sonu belirlenir. Yüksek kelimesi ayüstü, aşağı kelimesi ayaltı bir dünyaya aittir. Gerçekte bu, saf insanî bir bakış ve Allah ile dünya arasındaki ilişki dolayısıyla tabiat seviyesine naklediliştir. Ancak biz burada, tabiatı zâtı itibarıyla ikiye, ilâh yanı ve dünya yanı biçiminde ayırdık. Yerin altına indiğimizde madenleri görürüz; onlar eksik birleşiklerdir, dört unsurdan oluşurlar, şeref ve kemal açısından cisimlerin en aşağısıdırlar. Son olarak, bilkuvve hayat sahibi tabiî bir cismin kemali oluşu itibarıyla öncelikle nefis gelir. Ancak burada nefis, beslenme, gelişme, üreme, hareket, his, kavrama ve duyma gibi hayat fonksiyonlarının bir toplamıdır. Akıl ise, tabiatın ilahiyât dünyasına açılışını gösterir. Böylelikle nefis, ölümsüz akıl oluş açısından fânî olmaz. İşte burada insan, tabiatın üstünde bulunmayan bir melek olarak görünür, ayakları yerin tâ madenlerine kadar altına sokuludur, başı ise göğün tâ yıldızlarına kadar kalkıktır. Ancak insan tabiiyâtın kapakları ve ilahiyâtın perdeleri altında saklı olmaya devam eder.

İlahiyat ise, insandan kaldırıldığında altındakini açığa çıkaran pek çok kapaktan oluşur. Yegâne varlık, şeklî soyut veya gaî illet oluşu itibariyle Allah'a gelince, bütün bu tasavvurlar, gerçekte insanın en ileri özelliklerini anlatan insanî kategorilerdir. İnsan vardır, varlığı İbn Sina'nın "uçan/uzaydaki insan" delilinde belirttiği gibi ilk kesin gerçektir. İnsan tektir, başkası çeşitli ve çoktur. Teklik, nicelik ve sayı açısından insanı niteleyen en önemli şeydir. Yine insan, şuuru ve bilinciyle, saf veya şeklî kategoriyi gösterir. İnsanı ayırdeden en önemli nitelik, işte bu saf kategoriyi sürekli araması ve gerçekleri benzetmeler, istiareler ve ifadelerin sınırlarını en ileri derecede aşmasıdır. Aksi halde, doğmatizme ya da saf ile karışığı, arı ile pisi karıştırma durumuna düşer. İlahiyâttan mümkün ve müstahîl karşısında vacip kelimeleriyle sözedildiğinde, bu da insanî kategorilerin anlatımı olur. Bu üç kategorinin mantıktaki önermelerin yönleri oluşuna şaşılmamalıdır. İlahiyât, bir kez daha insanî nefisten, bedenden farklılığından, meâdından, bilgilerinden ve mutluluğundan söz ederek insanın açığa kavuşturulmuş dünyasına ulaşır. İşte burada hikmet tasavvufa katılır, bilgi, ahlâk ve varlık konusunda işrakîlik teorisi belirir. İbn Sina'nın *el-İşârât ve't-Tenbîhât*'ında daha iyi açıklandığı üzere, felsefe nefsin hallerinin ve makamlarının incelenmesine dönüşür.

İnsan, bilimlerin teorik ve pratik biçimindeki tasnifinde daha açık, daha az kapalı ve saklı olarak görünebilir. Nazarî hikmet, mantık, matematik, tabiiyât ve ilahiyâtı; amelî hikmet ise ahlâk, siyaset ve iktisadı (tedbîru'l-menzil) kapsar. İnsanî bilimler, amelî hikmette görünür. İnsan ise âdeta saf pratik bir boyut sahibidir. Yine Fârâbî'nin *İhsâu'l-Ulûm*'unda insan başka bir tasnifte yer alır. Fârâbî, lisan ve lugat bilimlerini, yani insanın konuşmasını tasavvur eder. En sonra da medenî bilim, fıkıh ve kelam bilimi, yani toplum ve siyasete özgü ve bütün ideoloji ve dünya tasavvurlarıyla ilgili insanî bilimler yer alır. İki bilim arasında mantık, matematik, tabiiyât ve ilahiyât bulunmaktadır. İnsanî bilimler, insanın bilimin, özellikle sosyal ilmin, dikey bir konusu oluşunu ve Fârâbî'nin nübüvvet konusunun bir iletişim teorisinden fıtratı dolayısıyla topluluk oluşturması itibariyle yaşadığı peygamber veya filozofun başkanlığındaki erdemli kentin (devletin) kuruluşuna dönüşmesini açıklığa kavuşturur.

Ancak insan, hikmetin mantık, tabiiyât ve ilahiyât biçimindeki geleneksel taksimine, dördüncü bir kısmı, "hakîmlerin (bilgelerin) dünya büyük bir insandır sözünün anlamına dair" üçüncü risalede insanın bağımsız bir bahis olarak göründüğü meşhur cümlede beliren nefsâniyât ve akliyât'ı ekleyen İhvanu's-Safa'da daha açık bir biçimde görünür. Dördüncü kısım, ilahiyât olacağına, ilahiyâtın esasen insaniyâta dayalı oluşunda yoğunlaşmak üzere, onlara göre "ilahî ve şer'î normatif bilimler" olmuştur. İnsanî bilimlerden sonra, coğrafya, musıkî, ahlâk, sınâat ve nübüvvât gibi -ki bunlar âdeta matematik bilimlerdir- matematikte (riyâziyât) görünür. Yine, tabiiyâtta da nefsi ıslah ve ahlâkı gözülleştirme gibi, "hakîmlerin insan küçük bir dünyadır sözüne dair" onikinci risaledeki meşhur sözle de, hayat ve ölüm konularının yanısıra insanî konular da kendini gösterir.

İnsan, ya tabiiyât ile ilahiyât arasında kuşatılmıştır, ya da kuşatmayı yarmıştır, ancak o yüzeydedir, tabiiyât ve ilahiyâtın büyük bir niceliği altında inlemektedir. Bu, tıpkı bugünkü gibi çağdaş vicdanımızda ortaya çıkan insanın iktidar ile hayatın sıkıntısı arasında sıkışıp kalması gibidir.

3. Fıkıh'ta ve Fıkıh Usûlü'nde İnsan:

Fıkıh bilimi ile fıkıh usûlü bilimine geldiğimizde, insanı, kelam ve felsefe gibi teorik bilimlerden daha açık ve daha az kapalı görürüz. Çünkü fıkhın görevi, saf pratiktir. Bunun içindir ki onda insanın hayatı âdeta ilmin malzemesi gibi görünür, ancak hâlâ varlığını sürdürmektedir. Bu, kanun ve kural belirleme, emir ve yasaklar kapağıdır. Ancak kapağı açtığımızda, çeşitli boyutlarıyla insan, apaçık bir biçimde bütün malzemesi, insanın kendi hayatı, ailesiyle, toplumla ve yaratıcısıyla ilişkisi gibi pratik hayattan oluşur. Bunun içindir ki fıkıh, insanın dünyadaki durumunun bir niteleni̇şidir. Bu, şer'î hükümleri delillerinden çıkarmayı amaçlayan fıkıh usûlü biliminde daha çok açığa çıkar. Çünkü fıkıh usûlü bilimi, insan şuurunun üç boyutunu açıklar: Tarihî şuur, dil veya düşünce şuuru ve amelî (pratik) şuur.

Tarihî şuurun görevi, vahyi, sözlü veya yazılı olarak, şimdiki nesle ulaşıncaya kadar Hz. Peygamber'den ravilere, ravilerden öteki ravilere nakletmektir. Bunu yapan ravidir, yani tarihî şuur oluşu açısından insandır. Vahiy, duymak, ezberlemek ve nakletmek üzere kulaktan hafızaya, sonra da dile uğrar. Bu nakil, bu üç merhale nakilde fazlalık veya eksiklik, nakledenden bir maksat, tutku, açıklama veya yorum yoluyla müdahale olmaksızın aynı biçimde olduğunda doğru olur. Böylelikle, ravinin şuurunun tarafsızlığı, naklin bir şartı haline gelir. Bu tarafsızlık ravide, adalet, zabt, büluğ ve İslâm şartlarının gerçekleşmesiyle oluşur. Adalet; tutku, çıkar ve bir inanç veya mezhebe mensup olmanın zıddıdır. Zabt; duyma, ezberleme ve başkasına rivayet olarak nakil bozukluğunun zıddıdır. Büluğ; akıl eksikliği olmayışın ve sorumluluğu taşımayışın zıddıdır. İslâm; hizip ve taife taassubunun zıddıdır; çünkü İslâm, insanın şuurunu daha geniş ve ufuklu kılar. Bu, ravi haber-i vâhidle naklettiğinde sözkonusudur. Ama ravi, mütevâtir bir haberi naklettiğinde, tevatür kendi içinde kesin bilgiyi içerir. Çünkü onun naklinin çeşitli, kaynaklarının bağımsız, nesillerde homojen yayılışlı, his ve tecrübenin tanıklığına uygun ve âdetin akışıyla uyum içinde olmalıdır.

Nakil, şeriatın kaynak ve delili olan dört kaynak için gerçekleşir. Bunlar kitap, sünnet, icma ve kıyastır. Bunlar gerçekte şer'î perdeler arkasındaki insanî tecrübeleri açıklar.

"Kitap", esasen, ilk İslâm gerçeğinin karşılaştığı ve çözüm gerektiren durumların bir toplamıdır. Her durum, her yer ve zamanda tekrarı mümkün ideal modeli yansıtır. Olay tekrarlandığında, aynı çözüme başvururuz. Bu, yalnızca İslâm vahyinin özelliğidir. Kur'ân bilimlerinde "tencîm", tefsir bilimlerinde "esbâbu'n-nuzûl" adıyla bilinen şey, Kur'ân'ın yirmiüç yılda dönem dönem nazil oluşudur. Usûlcüler bu ideal modellere "menât" adını vermişlerdir. Bunlar, elem ve göğüs germe, cehd ve sıkıntı, sevinç ve emel duyguları, nifak, hile (aldatma), dedikodu ve iftira tecrübeleriyle dolu canlı insanî durumlardır. İnsan kitabın arkasındadır, çevreleyen kapaklara rağmen onun temel konusudur.

"Sünnet", insan davranışının belirlendiği ayrıntılı durumlardır. Davranışın mihengi olarak göründüğü kudret, olayda daha fazla belirlilik ve sınırlılık istediğimizde uyulabilecek ideal insanî durumlar ve ideal beşerî tecrübelerdir. Bu, her ümmetin eski tarihinde, altın çağında veya ilk öncülerindeki kılavuz ve "kaynağa dönüş"ü savunan her reformcu hareketin arkasında saklı tecrübedir.

"İcma", nesillerin tecrübe ve birikimi, tarihin unsuru, kitlelerin hareketi, ferdî tasallut, inanç donukluğu, harfîlik, hukukî veya dinî şekilcilik görüntülerine aykırı her türlü toplu eylem biçimleri ve tarihî uygulamadır. Daha sonra kamu yararını gözetmek ve şeriatı insanların ihtiyaçları üzerine kurmak üzere "içtihat" gelir. Müslümanların güzel gördüğü, Allah katında da güzeldir. İşte burada insan, dört şer'î delilin arkasında görünür, cemaat onunladır. İlmu't-Tevhîd'de ortaya çıktığı gibi, vahiy, Allah'tan insana yönelmiş bir kasıttır. Şeriat de insanın yararını gözeten bir kanundur.

Dil veya düşünce şuuru, daha sonra pratik hayata yönelebilmek için anlamak ve mânasını kavramak üzere vahiy nasslarının yorumunu yapar. Dil, saf insanî bir boyuttur. İnsan, dille konuşan ve isimleri (kavramları) öğrenen yegâne varlıktır. Zahir ve müevveldeki kavrayışın çeşitli derinliklerinden sonra görünür. Muhkem ve müteşabihte ihtimal ve tercihlerden sonra ortaya çıkar. Amm ve hâssta ferdden sonra belirir. Emir ve nehiyde fiilden sonra gözükür. İşte bu şekilde dili insanın boyutlarına havale eder. Aynı şekilde bağlam, lafızların gereği ve delaleti kavramları da, lafızların arkasındaki şuurda gizlenen anlamları gösterir. Daha da ötesinde işaret ve ima, jest ve mimikler, yanağın kızarması ve yüzün sararması, bütün bunlar lafızları değil, anlamları gösteren delillerdir. Böylelikle dil, bize insanın iç dünyasını açıklar.

Amelî şuur, söz ve yazıyla vahyin tarihî doğruluğunun sağlamasını yapan tarihî şuur ile kavrama ve yorumlamayı yapan dil ve düşünce şuurunun nihaî toplamı olarak ortaya çıkar. Amelî şuurun görevi, vahyin yönelttiklerini gerçekleştirmek, düşüncenin gereklerini yapmak ve anlam meselelerinin pratik girişimidir. Amelî şuur, gayeler (mekâsıd) ve hükümler (kurallar) olmak üzere iki kısma ayrılır. Usûlcülerin "mekâsıd" adını verdiği, gerçekte olayı etkilemesi ve yönlendirmesi itibariyle vahiydir. Mekâsıd, iki çeşittir: 1) Şari'in (yasakoyucunun) maksatları, 2) Mükellefin maksatları. Şari'in maksatları, beş zaruriyâtı korumaktır: Hayat, din, akıl, ırz ve mal. Bunlar, hayat insanın hayatı oluşu, din insanın düşüncesi ve ideali oluşu, akıl bu idealleri anlamakta insanın aracı oluşu, ırz insanın şerefi, kemali ve değeri oluşu, mal ise gerçekleştirmenin motifleri ve uygulamanın malzemeleri oluş itibariyle insanın fiilî imkânları oluşu açısından insan hayatının temel dayanaklarıdır. Şari'in maksatları da, anlamak için konulmuştur; onlar fiilin idealidir, insanın hedefleridir, sadece iradî motifler veya meşrulaştırıcısı olmayan haksız fiillerde değildir. Yine onlar, uyulmak için konulmuştur. İnsan onları benimser ve onlara bağlanır. Onun meseleleri ve kaderi olur. Onlar aynı zamanda mükellef kılmak için konulmuştur, yani insanın taşımakla yükümlü kılındığı emanet ve hayatta gerçekleştirdiği misyondur.

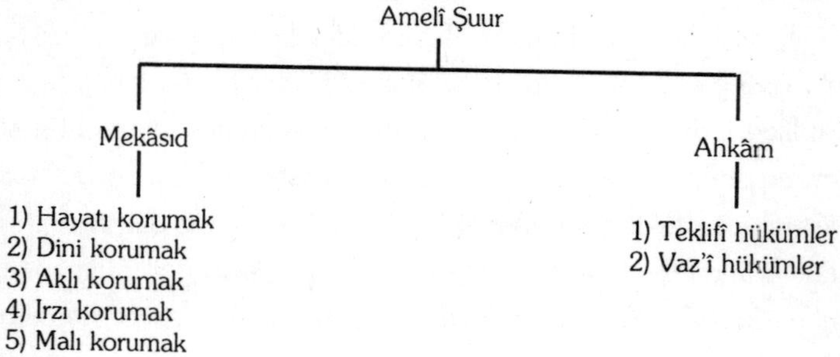

Mükellefin maksatları, davranışın temeli olan niyettir. Böylelikle insanın görevi, Şari'in maksatlarını mükellefin maksatlarıyla birleştirmek ve ilahî kastın insanî kasıtta sürmesidir.

Usûlcülerin "ahkâm" adını verdiği, davranışın değişik düzeylerinde maksatların gerçekleştirilmesi veya davranıştaki maksadın yolunun nitelenmesidir. Ahkâm da iki çeşittir: 1) Vaz'î hükümler, 2) Teklifî hükümler.

Vaz'î hükümler, belirlenmesi ve gerçekleştirilmesinden önce tarafsız bir açıdan bakılarak insanî fiilin gerçekte uygulanmasından önce kurulmasıdır. İnsanî fiil, sebep, şart ve engellerin sonucu olarak ortaya çıkar. Bu bazen ideal biçimde gerçekleşir ki buna azîmet (anakural) denir ya da olgusal bir biçimde gerçekleşir ki buna ruhsat denir. Neticede sıhhat ve butlan açısından değerlendirilir. İnsanî fiil, yanlarda veya yerdeki bir hareket değildir, bilakis fiilden önce, fiille birlikte ve fiilden sonra tam bir kurmadır; fiilden önceki güç, fiil sırasındaki niyet ve fiilden sonraki değerlendirmedir.

Teklifî hükümler ise, insanın fiillerini uygulamasıdır. O, ya zarurî ya da aynı borcu anlatan bir fiili (haram) yapmaktan alıkonur. Zarurî olan ve olmayan fiiller, biri insan davranışının olumlu, öteki olumsuz kutbunu temsil eder. Bazen fiil, bütüne yönelişi açısından daha düşük derecede borç olur, bir kişi yapınca diğerlerinden düşer, bu bazıları için mümkün fiildir. Fiil aynı olumlu ve olumsuz kutuplar arasında olabilir. Bu, gerçekleşen (mergup) fiil ile gerçekleşmeyen (mekruh) fiildir. Son olarak, tabiatla belirlenen eşya kendi meşruiyetini bizzat içerirmişçesine davranışın yönlendiricilerinden sarfı nazar ederek tam bir serbestlikle gerçekleşen, aşlık ve birlikte oluşun yeterli bulunduğu fiil (mubah) gelir.

Fıkıh usûlü ilminde insan işte budur. Dolayısıyla insan, perdesiz olarak görünmek için kapakların kaldırılması ve perdelerin açılması mümkün bulunan kanun kapakları altında saklı ve teşri (yasama) perdesi altında gizlidir.

4. Tasavvuf'ta İnsan:

Dördüncü geleneksel bilime -ki o tasavvuftur- gelince, burada insanı bağımsız bir konu olmaksızın, perdesiz biçimde kendini açığa vurduğunu görürüz. Çünkü, başka bir şeyin aracı veya başka bir bilimin öncülü olarak devam edegelir.

Tasavvuf, Allah'a giden yoldur. Onda insan bütün güçlerini kullanarak iç yoluyla dışarıya yönelir. O, amelî bir kuvvet oluşu açısından insanı açıklamayı amaçlayan amelî bilim oluşta fıkıh usûlüyle kesişir. Ancak fıkhın ameli, organların amelidir. Oysa tasavvufun ameli, kalbin amelidir. Usûl vahyi tenzîle dönüştürebilmişse, tasavvuf onu te'vîle dönüştürebilmiştir. Usûl Allah'ın kastını iniş yoluyla birinciden ikinciye yönelerek insanınkiyle birleştirmişse, tasavvuf yükseliş yoluyla insanın varlığını Allah'ın varlığıyla birleştirmiştir. Usûlde başlangıç olan, tasavvufta sondur ki, o Allah'tır. Usûlde son olan tasavvufta başlangıçtır ki o insandır.

Kelam ve felsefe akıl ve düşünceye dayanmışsa, tasavvuf insanın başka bir boyutunu, kalb ya da zevkini keşfetmiştir. İnsan canlı bir yörünge gibidir. Lahza veya vakitle başlar. Tövbe ve zühd, tevekkül ve şükür, sabır, rıza ve sıdk makamlarına girer ki bütün bunlar selb, hudû ve boyun eğmeye yönelen, insanın karar, hürriyet ve girişimini engelleyen insanî değerlerdir. Hatta havf ve reca, kabz ve bast, heybet ve üns, sahv ve sekr, mahv ve isbat, setr ve tecelli gibi, sûfî terminolojide bilinen hallerle karşılaşır. Bunlar, sûfînin kalbinde meydana gelen, gayesinde birleşip onda yok olmak için, arıtma ve temizlemenin, yoketme ve gidermenin gerçekleşmesi amacıyla olumlu ve olumsuz iki kutup arasındaki gerilimini açıklayan nefsî (içsel) hâllerdir. Gerçekten tasavvuf, başkasıyla bütünleşmek ve bütünü kendinden müstâgni kılmak için ancak yoketme perdesinden insanı açığa çıkarmaya çalışır. İnsanın varlığı, yokluğudur; bekası da fenasıdr. Fıkıh usûlünde olduğu gibi, sonunda insanı ortaya koyacağına, insanı yok eder ve kapsamlı birlik içinde yutuluşu gerçekleşir. Sûfînin vahdetin türleri olarak belirttiği, vahdet-i şuhûd veya vahdet-i vücûd, gerginlik derecelerinin en son noktasına varan nefsî hallerdir. Hatta insan, yalnızca dışarıya yönelttiği bakışını görebilir, dışarısı yok olur; şuuruyla birlikte, ancak başkasının varlığıyla birleşen varlığını ortaya koyabilir. İnsan önce ahlâkî değerler olarak başlar, sonra nefsî haller olarak belirir, daha sonra metafizik tasavvurlar olarak görünür. Bütün bunlar, insanın varlığını, boyutlarını ve dışarıdan içeriye, içeriden yukarıya hareketini açıklar. Sûfî bilgi, ancak başkasının varlığıyla gerçekleşir. Yani, bilim iki şuurun ilişkisiyle, şeyh ile müridin aralarındaki ruhî bildirişim yoluyla olur. İnsanî ilişki, hem bilginin kaynağı, hem de mutluluğu gerçekleştirmenin aracıdır.

5. Öteki Bilimlerde İnsan:

Eski kültürümüzdeki matematik, tabiî ve insanî bilimler, dört geleneksel bilimin sunduğundan farklı insan modelleri sunmaz. Matematik bilimler, felsefenin bir bölümü olarak mantık kısmına, tabiî bilimler ise felsefenin bir bölümü olarak tabiiyât kısmına sokulmuştur. (Psikoloji, ahlâk, sosyoloji, tarih ve coğrafya gibi) insanî bilimler, İhvanu's-Safa'da açıkça görüldüğü üzere, tabiiyât ile ilahiyat arasında orta dereceye sokulmuştur. Buna bağlı olarak, birkaç seviye arasında, matematik bilimlerde şeklî, tabiî bilimlerde maddî ve insanî bilimlerde ilahiyat seviyesinde dağılmış olur.

Kur'ân, hadis, tefsir ve dil bilimlerinde de insan, sözü edilen şer'î bilimler modellerinden farklı değildir. Dilden din ya da teşrie kadar kapaklar artar. Ancak insan, lugaviyât, tarihî hâdiseler, ilahiyât, rivayetler, teşrîler ve israiliyât kapaklarının altında gömülü olmaya devam eder. Âdeta bu kapaklar arkasında saklı insan, dört tarafa yayılmıştır:

O, ya konuşan insandır (homo loquax), işi konuşmak, vahyi diyalektiğe dönüştürmektir; onda insan kendini gerçekle değil, Allah ile bir taraf olarak tasavvureder. Ya bilge insandır (homo sapiens); hikmet, varlığına egemen olur, ancak hikmet insanî hikmet olarak zuhur etmeyip, mantıkî, tabiî ya da ilahî hikmet olur, buna bağlı olarak da insan bağımsız bir konu olarak kendini unutur. Ya yapan insandır (homo faber), eylem düşünceye, davranış fikre hâkim olur, ancak teşrîât ve kanunlara boyun eğmeye devam eder; tabiî uygulamasını ve gerçekle ilişkisindeki serbestliğini pek az sınır hariç kaybeder. Ya da duyan insandır (homo patheticos), vicdanı kalbine, fenası bekasına hâkim olur, eylem özgürlüğüyle ilgili iradesini kaldırır. Böylece insan, kendisini bağımsız bir bahiste boş yere arar durur. Medeniyetimiz kapaklar indirilmezden ve perdeler açılmazdan önce ilk plânda görünen insanî karakteri değil, lahûtî, kelamî, teşriî, gaybî, efsanevî, dini, akaidî ve tarihî karakteri alır.

İşte bu, bilimde bağımsız bir konu, hayatta temel bir eksen, varlığın esas bir kategorisi olarak çağımızın tıpkı gelecekteki gibi çeşitli bilimlerde dağılmasına, çağdaş gerçeğimizdeki otorite ile hayatın sıkıntısı arasında kuşatılmasına, medeniyetle ilgili halihazırdaki tutumumuzda eski ile yeni arasında gidiş gelişine sebep olan insanın kayboluşundaki krizdir. Şayet insan bağımsız bir konu olarak bulunsaydı, işte burada kişi hayat ve ölümüne, selamet ve emniyetine güven duyardı.

6. Kur'ân'da İnsan:

Garip olan şudur ki, vahiy, ki kültürün ilk kaynağı ve çağdaş davranışımızın en güçlü yönlendiricisidir, insanı bağımsız bir konu olarak ortaya koymuştur. Kur'ân'da insan, insanın yapısını belirleyen beş temel gerçeği göstermek üzere altmışbeş yerde geçer. Bu beş gerçek şunlardır:

1) İnsan yaratılmıştır, hiçbir şey yokken ve yoktan yaratılmıştır. Bu, çağdaş varoluşçu filozofların ve eski şairlerimizin dile getirdiği yoktan varedilmemiz biçimindeki gerçek bir insanî duygudur: "*İnsanoğlu, var edilip bahse değer bir şey olana kadar, şüphesiz, uzun bir zaman geçmemiş midir?*" (*İnsan*, 76/1). İnsanın yaratılış maddesi belirlenebilir. Bazen sert, kuru balçık, pişmiş çamur veya çamur, bazen akıcı, su, asılı (aleka) madde veya nutfe olur. İnsanın maddî varlığı burada

parantez arasındadır. Çünkü cisim olduğumuzu, bir bedenimiz bulunduğunu ve bir ana ile babadan doğduğumuzu hissettirmesi yeterlidir. Bunlar, yalnızca kendimizi ve hayattaki varlığımızı hissetmemizle şuurî tecrübelere dönüşen pratik gerçeklerdir. Ancak biz bir "ilim"den, yani bir anlamdan yaratıldık. Mâna varlığımızın aslıdır, ondan doğduk. "*İnsanı yarattı, ona konuşmayı öğretti.*" (*Rahman*, 55/4) Yaratıldıktan sonra ilk gerçekleşen, dilin, açıklamanın ve yaratılış anlamını dile getirmenin öğretilişidir. İnsanın aslı, bu beş gerçeği aşmaz.

2) İnsanın nefsî yaratılışı. Bu, insanla ilgili gerçeğin yarısıdır. İnsan nefsî bir yaratılıştır, ya da insanın yapısının temeli olan şuurî yapıdır. Bu yan, insanın zayıf, aceleci, zamanın şuuruna varmayan, şimdiyi bırakıp geleceği yaşayan bir varlık olduğunu gösterir. Şimdiyle karşılaşıverince, sabırsızlanır. Duygular onu harekete geçirir, infialler yürütür. Sıkıntı zamanında yardım ister. Dert kalkıp kolaylık gelince yardım çağrısını unutur. Sevinir, temenni eder, ümitsizliğe düşer, kötümser olur, arz eder, kabul eder, darlık çeker, kaybeder, nimetleri inkâr eder, sertlikten kuvvet, kırıklıktan sertlik yaratmaya çalışır. Kavga eder, hasım olur, hatta azgınlaşır ve kibirlenir, günah işler ve gururlanır. Ancak aynı zamanda sorar, çok şüphe eder, bilgisizdir, mücadelecidir, vesveselidir, hatırlar ve unutur.

3) İnsanın önünde değerini inkâr eden, saygı göstermeyi reddeden, değer ve imkânlarını tanımayan, şeref ve mertebesini yoketmeye çalışan bir düşmanın meydan okuması vardır. Bu meydan okumayla, insanın değeri pekişir. İnsan değeri ve benliği açısından tehdit altında olur. İnsanın bu meydan okumayı kabul, liyakatini ve değerini ispatlaması gerekir. Meydan okuma hazır olan veya olmayan bir şahıstan değil, bir değer olarak insanın varlığına meydan okuyan genel sosyal durumlardan gelir.

4) Burada insanın sorumluluğu ve iradesiyle yüklendiği emanet ortaya çıkar. "*Doğrusu biz, sorumluluğu göklere, yere ve dağlara sunmuşuzdur da onlar bunu yüklenmekten çekinmişler ve ondan korkup titremişlerdir.*" (*Ahzab*, 33/72) Zaafını kuvvete dönüştürmüş ve başkasının meydan okumasını kabul etmesini sağlamıştır, hayatından misyonunun bir kanıtını çıkarmıştır. Hayat, sorumluluğu gerçekleştirmek, emaneti yerine getirmek ve imtihanı başarmak için gayret ve yor-

gunluktan ibarettir. "*İnsanoğlunu zorluklara dayanacak şekilde yarattık.*" (*Beled*, 90/4) "*İnsan başıboş bırakılacağını mı sanır?*" (*Kıyamet*, 75/36) Gayret, çalışma ve ilgilenme, bütün bunların hepsi misyonu gerçekleştirmenin göstergesidir. "*Ey insan! Sen rabbine kavuşuncaya kadar çalışıp çabalarsın, sonunda ona kavuşacaksın.*" (*İnşikak*, 84/6) Vahyin temel gayesi, insanın bu bağımsız şuurunu oluşturmak ve eskiden olduğu gibi, dış yardım olmaksızın yolunda yürümek üzere aklen ve fiilen ona sorumluluğunu tam olarak vermektir. "*Her insanın boynuna işlediklerini doları.*" (*İsra*, 17/12). Sonuçta her insan ferden gelir, "*O gün insanoğluna önde ve sonda yaptığı ne varsa bildirilir.*" (*Kıyamet*, 75/13)

5) Bu gerçekleşince ve zayıf insan sert insana dönüşünce, yeryüzünde kemal gerçekleşir ve insan-ı kâmilde herşey belirlenir. Çünkü zaafı kuvvete, yumuşaklığı sertliğe dönüşür. "*Biz insanı en güzel şekilde yarattık.*" (*Tin*, 95/4). İnsan, Kur'ân'da Allah ve tabiatla değil, özellikle ana-babayla insanî bir ilişki içine girmiştir. Ana-baba, insanların ona en yakınıdır. "*İnsana ana-babasına iyi davranmasını emrettik.*" (*Ahkaf*, 4615) Bu, insan ile ana-babası arasındaki yakınlık bağının, bütün ümmetin dayandığı temel dayanağı olduğunu gösterir. Bundan ayrı olarak, insan kelimesinin çoğulu yoktur, işte bu onun ferdiyet ve şahsiyetini pekiştirir. "Unâs", insan grubu veya cemaattir. İnsanın çoğulu değildir. "İns", insan cinsi anlamında, cinin karşıtı olarak kullanılır. İnsan cinsine, âdem oğulları, yani insanlık kelimesiyle işaret edilir. Bütün insanlık yeryüzünde şerefli kılınmıştır. "*And olsun ki, biz insanoğullarını şerefli kıldık.*" (*İsra*, 17/70).

Bazı modern reformcu hareketler, insanı yeniden diriltmeye çalışmıştır. Şahsiyetiyle başlamış ve onun hayatın özü, yaratma ve harika olduğunu, hayatını, gelişmesini, sevinç ve saadetini kabul etmiştir. Şahsiyet Urducada "hudi", Allah ise "Huda" terimiyle söylenir. Allah ile şahsiyet kelimesi aynı isimden türemiştir ki bu, gerçeğin insanî şahsiyet olduğunu; başkası, şey, Allah, evren, gerçek ve ideal, her şeyi içinde barındırdığını gösterir. Bunun sûfî bir şahsiyet olduğu doğrudur. Ancak şahsiyetin keşfedilmesi, gerçekte eski kültürümüzü yeniden anlamanın ve müslümanların gerçeğini değiştirmenin başlangıç noktasıdır.

Halihazır çağımızdaki insan kirizine gelince, daha önce de insanın ihmal edilişi konusunda belirttiğimiz gibi, eski kültürümüzde bağımsız bir kategori olarak bulunmamasından dolayı, çağdaş vicdanımızda bağımsız bir kategori olarak görünüyor. Bu yüzden görevimiz, dağılışı, yeryüzünde bulunuşu ve her yere derinliksiz ve merkezsiz olarak yayılışı yerine, farklı, bağımsız ve kendi başına ayakta duran insanı yeniden geri getirmek üzere kapakları ve perdeleri kaldırmaktır. Krizimiz, sanayinin ezdiği, bilgisayarların durdurduğu, yükselticilerin ya da elektrik düğmelerinin tutsak ettiği mekanik insan değildir. Krizimiz, sayılan ve hesaplanan nicelik bilgisinde saklı olarak bütün hayatı kapsayan her tasavvuru kaybeden mütehassıs insan değildir. Bunalımımız, maddî değerlerin hayata hâkim olması ve ruhun yitirilişi değildir. Krizimiz, tepeden tırnağa bütün değerlerin değiştirilmesi, üstün değerin aşağı, aşağı değerin üstün yapılması değildir. Bunalımımız, sevginin, ilginin ve amacın kayboluşu değildir. Krizimiz, her şeyde şüphe, bütün öncelikleri yok etmek ve her sezgiyi reddetmek değildir. Bunalımımız, duygunun akla, iradenin zihne, grupçuluğun (hizipçiliğin) kuşatıcılığa (bütüncülüğe) ve taassubun/bağnazlığın hoşgörüye hâkimiyeti değildir ki böylelikle ırk ayrımcılığı insanlığın temeli olsun. Krizimiz, etkili, faal olmasa ve kelimeler çerçevesinden çıkmasa bile, rönesansı boyunca medeniyetimizde ortaya çıkan insanî duyguyu reddediş değildir. Bilakis bunalımımız, insanın bağımsız bir bahis olarak kayboluşudur. Zengin kültürümüzde insan kelimesi bir konunun başlığı olarak ortaya çıkmamıştır. Yenilerde ortaya çıkmışsa, bu, Batı'yı taklit ederekten, yenilenme iddiasıyla ve şöhret arayışıyla olmuştur. Hatta sûfiyyenin sözünü ettiği "insan-ı kâmil"in bile, Allah ile insan arasındaki durumunun ayırdedilmesi zordur. İnsan hayattaki misyonunu gerçekleştirmeye çalışınca, Allah'a benzemesi ve kemal derecesine ulaşması gerekir. Bunalımımız, eski kültürümüzde kayboluşundan dolayı çağdaş vicdanımızda insanın kayboluşu olduğuna göre, bu bunalımın çözülmesi de, tahlil edilmesi ve bir ihtiyaç, bir gerek ve bir istek olarak ortaya konuluşu yoluyla kaybolanın çağdaş vicdanımıza geri gelişiyle olur. Daha sonra, her asrın ihtiyaçlarını karşıladığı gibi çağın ihtiyaçlarını karşılaması, kitlelerdeki gizli güçleri davranış dürtülerine dönüştürmek için vahyin ele alınışı ve insanın bu vahiyde gündeme gelişini düşünmeye sıra gelir. İşte bu takdirde şöyle diyebiliriz: İşte insan çağdaş vicdanımıza gelmiştir. İşte vahiy, işte onun sahneye gelişinin kabul edilişi!

İkinci Bölüm

Eski Kültürümüzde Tarih

1. Tarih Bahsine ve Tarih Bilincine Giriş:

Milletlerin ilerlemesi, tarihî şuurlarını keşfetmeye bağlıdır. İnsanı zamana yerleştiren, tarihteki veya yaşadığı herhangi bir dönemdeki rolünü belirlemesini sağlayan da odur. Tarihî şuur, tarihî bilincin şartıdır. Batı'da Fransız İhtilali, ancak halkların ilerleme yasasını belirlemek için tarih felsefesinin kurucuları Vico, Kant, Herder ve Lessing'deki, Fransız İhtilali'nin filozofları Voltaire, Montesquieu ve Rousseau'daki tarihî şuurun keşfedilmesinden sonra ortaya çıkmıştır. Sonra bu 19. asırdaki Alman filozofları Hegel ve Marx, Fransa'da Courneau ve Comte'taki uygarlıkları ve halkları kapsayan felsefelere dönüşmüş, nihayet ya Spengler'deki gibi Batı'nın çöküşünün ilanına, ya Nietsche'deki gibi mutlak hiçliğe varmaya, ya Heidegger'deki gibi halkların tarihinin "tarihçi" ferdî şuurun bir boyutuna, yahut ikinci sanayi ve sanki teknoloji medeniyeti bir dönemden ötekine taşıyabilirmiş, yokolmaktan korurmuş, çöküşü önlermiş, zirve olgunluğa yeniden ulaştırırmışçasına modern teknoloji devrimi çağının ilânına dönüşmüştür.

Geçen asırda başladığımız halihazır rönesansımızın zorluk sebeplerinden birisinin henüz tarihî şuuru keşfetmeyiş olduğu anlaşılıyor. Batı medeniyetiyle ilişki kurmamızdan itibaren onların tarihini, çağlarını ve gelişme dönemlerini kendimiz için de benimsiyoruz, hatta kendimizi 20. asırda tasavvur ettik; Tahtâvî, Efgânî, Abduh, Kevâkibî 19. asırdadır, Muhammed bin Abdilvehhâb 18. asırdadır, İbn Teymiye 15. asırdadır, İbn Haldun 14. asırdadır. Eski tarihimizi aynı Batılılaşma içinde yeniden yazdık. Eski kültürümüzü, Kindî 9. asırda, Fârâbî 10. asırda, Eş'arî ve İbn Sîna 11. asırda, Gazâlî 12. asırda, Râzî ve İbn Rüşd 13. asırdayken, Orta Çağda düşündük. Altın çağımızın kökünü kazıdık ve tarihimizi başkasının tarihine kattık. Avrupa'nın kendinde yoğunlaşmasına, kendi medeniyetini dünya medeniyetlerinin ekseni ve Şark'ı başlangıç döneminde, medeniyetini, bilimini ve tekniğini ondan ithal eder kabul etmesine yardımcı olduk.

Geçen asırda Fransız İhtilali'nin filozoflarını tercüme etmeye başlamamıza, özgürlük, akıl, tabiat, anayasa, millet, demokrasi ve parlamento düşüncelerinin yayılmasına, *Hükümdar*'ı, *Kanunların Ruhu*'nu ve *Sosyal Sözleşme*'yi tanımamıza, ümran biliminin, siyasî ve içtimaî bilimlerin öneminden sözetmemize, hatta onları *Kur'ân*'da keşfetmemize rağmen, bu düşüncenin içinde doğduğu çevreden kopmasından ve başka bir çevreye ekilmesinden dolayı bizde tarihî şuur ortaya çıkmamıştır. Bu düşünceler tabiî bir biçimde doğmamıştır, buna bağlı olarak bu yeni aydınlanma isteklisine taklitçilik ve tarihî muhafazakârlık hâkim olmuş, derinlik yüzeye çıkıp onu içermiş ve kökünü kazımıştır.

Aynı zamanda, modern rönesanstan, Arap aydınlanma çağından ve Liberalizm çağından, geçmiş dönemleri ya da gelecek dönemi kavramaksızın çok söz edilimiştir. Çoğunlukla şimdiyi geçmişe katarak, geriye doğru ilerleyerek, geleceği öne alarak ve şimdiyi ona katarak, şimdiden kaçarak ve geleceğe sıçrayarak yaşadık. İlerlemeyi ancak gelecek nesillerde gerçekleşecek uzak bir hedef olarak yaşıyoruz. Akılcılık demek olan geçiş dönemlerini yaşamaksızın hurafeden bilime, liberalizm demek olan geçiş dönemlerini yaşamaksızın feodalizmden sosyalizme geçmek istiyoruz. Her iki yanlışlık da aynıdır. Bu, şimdinin unutulması ve geçmekte olduğumuz tarihî dönemi belirlemeyiştir.

Bunun sebebi, eski kültürümüzde tarihî boyutun kaybolmasıyla ilgilidir ki bu, bize çağdaş vicdanımızdaki tarihî bilincin kaybolmasını miras bırakmıştır. Burada soru şudur: Eski kültürümüzde tarihî şuurda yoğunlaşacağı ve yaşamakta olduğumuz herhangi bir tarihî dönemi belirleyebileceğimiz biçimde, millî bilincimizin yeniden kurulması için temellerin keşfinin başlangıcı olan tarih bahsi niçin ihmal edildi? Tarih bahsinden maksat, tarihin bilincine varmaktır. Buna bağlı olarak, burada tarih, yalnızca olayların birikimi, tarihlerin verilişi ve zamanların dizilişi olur.

Soru, medeniyetler duraklayınca ve yeniden doğmaya başlayınca tekrar gündeme gelir. Bunun için, tarih felsefesi, halkların rönesansına eşlik edici olmuştur.[1] Son yedi asır boyunca medeniyetimizin duraklamasından sonra modern rönesansımızın doğuşundan beri tereddüt içinde olduğumuzdan, tarihle ilgili soru meşru olarak yeni bir rönesansın başlangıcını, tarihin ve milletin rolünü hissetmeyi gösterir olmuştur. Eskilerin tarihi savunmaya ve övmeye çalışmasına rağmen, bu, tarihi ve tarihin seyrinde halkların rolünü ve hareketini kavramamızın kayboluşu konusunda yardımcı olmamıştır.[2]

Bu incelemenin görevi, bu soruya cevap vermektir. Maksadı, ilim değildir. Bilakis, soruyu ortaya atmak ve insanları uyarmak, onları düşünce ve soruya çağırmak, millî şuurumuzdaki tarihî boyutu keşfetmek üzere ona cevap vermektir. Amaç bilim değildir, bilakis milleti tarihe yerleştirmek ve rolünü belirlemektir. Bu, gerçeği kavrama, kişiyi ve zamanı kavrama anlamında bilimdir. Bütün bunlar, tarihi kavramaktır. Şuur, tarihî şuurdur, gerçek tarihî gerçektir.

2. Dairevî Bilimler:

İslâm medeniyeti, vahyin inişinden ve *Kur'ân*'ın tedvîninden sonra doğmuştur. Vahyin inişinden önce Arap Medeniyeti, bir tek boyut çevresinde, Cahiliyye şiirinde yoğunlaşmıştı. Ancak şiirin çevresinde bilimler doğmamıştır. Şiir yaratıcılığı, kafiye veya ölçülerde yasa ve kaide olmaksızın tabiî yaratma olmuştur. Aynı şekilde Arapça da, kaideler veya bilim şeklinde düzenlenmeksizin göçebe dili olmuştur. Bunun için,

1 Rivayete göre, İbrahim Paşa, Suriye'deyken babasına, milletlerin hayatını öğrenmesi için tarihle ilgili bir kitap yollamıştır. Ancak Mehmet Ali Paşa ona şu haberi gönderdi: "Sen tarihi inceliyorsun. Ben ise tarihi yazıyorum."

2 es-Sehavî, *et-Teubîh li-men Sebbe't-Târih*.

Arapların bilimleri olmadığı anlamında, İslâm'dan önce medeniyeti olmamıştır. Onların, ticarî hayatın gereklerinin zorunlu kıldığı hayat biçimleri ve davranış kurallarından ibaret bir medeniyeti vardı. Aynı şekilde Yemen'deki gibi yağmurların ve Me'rib Seddi gibi sedlerle engellenmesi zaruretinin, hükümdar ve kraliçeler için köşkler yapmak gibi tabiatın zorunlu kıldığı ümran görüntüleri de vardı. Ayrıca, egemen bir örf, sosyal ve ferdî davranışta, Arap şiirinde ve mesellerinde dile getirişte belirleyici olan Bedevî gelenekler de bulunuyordu Araplar okuma yazma bilmezdi; kitap ehli değildiler, tedvîni bilmezlerdi. Hafızaları tarihlerinin, rivayetleri haberlerinin kaynağıydı. Şifahî kültür, yazılı kültürün yerini tutuyordu.

Vahiy inince ve ezberlenmesi gerçekleşince, *İslâm Medeniyeti* de doğmamıştır. Çünkü tedvîn henüz ortaya çıkmamıştı. Müslümanlar şifahî olarak Kur'ân'ı nakletmekte ve hadisi rivâyet etmekteydiler. Ancak, Araplar ister Arapça, isterse o devirdeki Farsça, Süryanice, Yunanca, Romence, Hintçe vb. hâkim diller olsun, okuma yazmayı öğrenmeye başladıktan sonra tercüme çağı başladı. *Dîvânu'l-Hikmet* kuruldu, kumandanlar ile hükümdarlar arasındaki yazışmalar başladı. Orduya maaş vermek için divanlar kuruldu. *Kur'ân* mushaflarda yazılı olarak toplandı. İşte bu anda medeniyet oluşmaya başladı ve bilimler doğdu.

Vahiy, müslümanların önsel bir veri olarak sorgusuz tartışmasız aldığı yeni bilgi kaynağı olduğu için, bütün bilimler bu merkezden doğmuştur. Biİlimler, tabiattan, tabiat olaylarının araştırılmasından ya da sûrî akıldan ve tutarlılık sisteminden değil, esasen vahiyden başlayarak ve *Kur'ân*'dan hareket ederek, bilim kurup genişlemesi duruncaya kadar yavaş yavaş büyüyen daireler biçiminde doğmuştur. Tıpkı ilk vuruş bitinceye kadar çevresinden yavaş yavaş dairelerin büyüdüğü suya atılan taşlar gibi. Bu şekilde bilim, bilginin kaynağından önsel bir veri olarak doğar, çevresini dokur, belirlenir, içeriden yayılır, bütün medeniyet merkezden çevreye doğru merkezî yapıda olur. Bu merkezin çevresindeki ilk daire olarak Usûlu'd-dîn bilimi, nassı düşünceye, menkûlü akla dönüştürmek, ilişki kurabilmek için vahyi akıl ve tabiata dayandırmak ve İslâm medeniyetinin içinden ya da dışından saldırgan ve tenkitçilerine karşı savunmak için Allah'ın hitabını insanî bir hitaba dönüştürmek üzere doğmuştur. Bu, ancak cedel tekniği ve burhan mantığıyla mümkündür. Usûlu'd-dîn bilginleri, herkesin etrafında toplandığı ve ümmetin birliğini anlatan kurulu düzen olarak vahyi savunan içişleri bakanlarına benzer. Bu, çok erken ve herhangi bir dış etki olmaksızın ortaya çıkmıştır. İlk kelâmcılar birinci yüzyılın sonlarından itibaren doğmuştur ki bu, bazılarını bu bilimi gerçek ve müslümanların yaratıcılığını ve medeniyetin bilim yaratabileceğini anlatan İslâmî bir bilim saydırmıştır.

İkinci asırdaki tercüme asrından sonra, merkezin, ki o vahiydir, çevresindeki ikinci daire doğmuştur. Onun amacı, tercümeleri içermek, özümsemek, onlardan yararlanmak ve reddetmektir. İşte burada üçüncü asrın başlarından itibaren, İslâm Medeniyetini kuşatan dış tehlikelerin ve kültürel mücadele sonuçlarının belirmesinden sonra biraz gecikerek hikmet bilimleri doğmuş ve felsefe ortaya çıkmıştır. Filozoflar korkmadan ve çekinmeden gelene atılmak, özümseyerek ve reddederek İslâm'ı mantık, tabiiyyât ve ilâhiyyât alanında genel teorilere ve kapsamlı bilimlere dönüştürerek, medeniyeti dış saldırıdan koruma görevini yürüten dışişleri bakanlarına, sınır bekçilerine ve sınır kalesi askerlerine benzer. Bu teori ve bilimler, nassa değil saf akla dayanır. Filozoflar çağın dilini almışlar ve onu, içeriğini almaksızın kendi hesaplarına kullanmışlar ve yeni dile özgün anlamlar katmışlardır. Bu, müsteşrıkların İslâm felsefesinin Yunan kaynaklı olduğuna hükmetmesine yol açan "yalancı oluşum"dur. Oysa, İslâm felsefesinin dili Yunan, içeriği İslâm'dır.

Usûlu'd-dîn bilimi ve hikmet bilimleri, öncelikle nassı anlama, anlamı da saf ve tutarlı bir teoriye dönüştürmeyi amaçlayan saf teori olduğundan, kişilerin ve milletin davranışını yönlendirmek üzere pratik yöntemlere ihtiyaç duymuştur. Bunun neticesinde pratik yöntemi temsil eden, iki ilim doğmuştur: Fıkıh ve tasavvuf. Birincinin amacı, insan davranışının yenilenen çağda ve değişen durumlarda şeriat asıllarından başlayarak yönlendirebilmek için, şer'î hükümleri kesin delillerden çıkarma keyfiyetinin bilinmesidir. Nasdan yola çıkarak iniş veya yükselişle, kıyas veya içtihadtla hüküm çıkarıcı ve tümevarım yöntemini ortaya koymuştur. Bu yüzden "İlmu't-tenzîl" adını almıştır. Ancak, bir teori olmasa da bir yöntem olarak vahyin çevresinde bir merkezdir.

İkincinin, yani tasavvuf bilimlerinin amacı, nassların ve hükümlerin ötesine gitmek, nassı iç yönüyle görmek, daha kalıcı ve temelli olana yönelmektir. Gerçek bilim, ruhun ruhla bilinmesi, kalplerin içinin bilgisi, zevk bilgisidir; cedel, burhan veya fıkıh bilimleri değil. Bu yüzden de ilmü't-tenzîl karşılığında ilmü't-te'vîl olarak adlandırılmıştır. Onun amacı, dünyanın dışındaki ilk kaynağa dönüştür, dünyaya giriş değildir. Bu bilim de nastan, onun te'vîlinden ve inmekten çok yükselerek, dönmekten çok giderek canlı bir tecrübe olarak yaşanmasından doğmuştur.

Kur'ân, hadîs, tefsîr, fıkıh ve siyer gibi rivâyet ve nakle dayanan saf naklî bilimler gibi bazı bilimler doğmuş, bunların hepsi yazılı vahiyden yola çıkmıştır. Aritmetik, geometri, cebir, felek, musıkî gibi riyâzî bilimler, tabiat, kimya, tıb, eczacılık, nebat ve hayvan vb. bilimler gibi akıl ya da tecrübeye dayanan aklî veya saf tabiî ilimler de doğmuştur. Bunlar, aynı zamanda, vahyin yönlendirmelerine de dayanır. Vahiy, zihnî riyâzeti sonsuza ve tabiata doğru, tabiatın insanın emrinde oluşuna doğru yönlendirir. Son olarak, coğrafya, tarih gibi insanî bilimler, ya öncekilerin haberlerine, ya da gözlem, deney ve yolculuklara dayanarak doğmuştur. Bunlar da, vahyin insana, yeryüzüne, *Kur'ân*'ın zikrettiği eski milletlerin haberlerini yönlendirmesine dayanarak gerçekleşmişir.[3]

Şimdi soru şudur: Acaba bu dairevî bilimlerden ve merkezden çevreye yayılma medeniyetinden yola çıkarak, tarihi kavramaya temel olan bir tarih bahsi kurulabilir mi? Yoksa kendisine girmekten, yasalarını bilmekten ve dünya ile ilgili tasavvurlarımızı ve davranma yönelişlerimizi çıkaracağımız önceki bir bilgi kaynağıyla bağlantısızlıktan yola çıkarak mı doğar? Yahut da tarih, özellikle *Kur'ân*'ın kadîm oluşu inancının hâkim olduğu ebedî bir veriden yola çıkarak yayılan ve uzayan bir medeniyette doğabilir mi? Acaba, doğuş ve olgunlaşma açısından, merkezden çevreye içiçe daireler biçiminde yayılan bir medeniyette gelişme keşfedilebilir mi? Tarih, bir medeniyette, ancak ilerleme, ön ve arka, önceki ve sonraki kavramı olduğunda, gerçekler çizgisinde yürüdüğün-

---

3 Şu kitabımıza bkz. *et-Turâs ve't-Tecdîd*, el-Ulûmu'l-İslâmiyyetu'l-Erba'a, s. 188-192 (el-Merkezu'l-Arabî li'l-Bahs ve'n-Neşr, Kahire 1980).

de ve dairelerde dokunup işlenmediğinde doğar ki, böylece gerçekler biriksin ve bir bilim olarak doğmuş olsun. Bilimin şartı, bilgisizlik, bilinmeyenle başlamak, varsayımlar düzenleyip doğruluğunu gerçekleştirmektir. Bilgiyle başlamak, bilineni kavramak, ön kabul ve inançlardan yola çıkmak değildir. Yoksa bu durumda bilim zaten var olanı elde etmek olur. Tarih, ancak kapaklarından kurtulan, çevresindeki kuşatmayı kıran, resmedilen ebedî çerçevesinden hareket eden, durgunluğunda tekrarından kaçan, nesiller yansa ve köyler harap olsa bile içinden havayı boşalttıktan sonra yeniden kurucu yer sarsıntılarına uğrayan bir medeniyette doğar. Tarih, model ve önceden hazır kalıplar tanımaz. Tarih, "medenî tutsaklık"a aykırıdır, özgürlüğe eştir. Tarih, zinciri sıkı bağlamaya, hatta çözmeye dayanan bir medeniyette doğar. İlahî bir medeniyette değil, insanî bir medeniyette doğar. Bunun için bizde tarih bahsi ortaya çıkmamış ve tarih bilinci doğmamıştır.

3. Usûlu'd-dîn Biliminde Tarihe Özlem:

Usûlu'd-dîn biliminde, İslâm akîdesi biliminde, tevhîd biliminde, kelâm biliminde yahut da zât ve sıfât biliminde tarih ortaya çıkmamıştır. O, insanlara dünya ile ilgili tasavvurlarını ve davranış yönlendiricilerini veren bir bilimdir. O, tevhîdi kendisine konu alır. Tevhîd, İslâm'ın özü ve temelidir. Eskilerin hedefi, eski İran dinlerindeki tecsîm ve teşbîh (insanbiçimcilik) tehlikelerine karşı tenzîhi savunmak, Hristiyanlıktaki hulûl ve ittihâd (giriş ve belirleme) tehlikelerine karşı soyutu ve aşkını savunmaktı. Böylelikle, Allah'ı tarihle, yeryüzüyle ve insanların hayatıyla bağlama ihtiyacı duymadılar. Çünkü o sırada müslümanlar, tarihi yapıyorlardı. Ülkeleri fethediyorlar ve Allah yolunda savaşıyorlardı. Tevhîd onları, Allah'ın kelimesini duyarak ve insanlık için ibadet hürriyetini tanıyarak yeryüzünde yayılmaya ve çabalamaya yöneltiyordu.[4] Bunun için tarih bahsi, tarihte hareket bulunması dolayısıyla teorik bir konu olarak ortaya çıkmadı. Tarih, yürüyüşü ancak durduktan sonra zihnî bir konuya dönüşebilir, eylemden teoriye, dışarıdan içeriye, gerçekten şuura dönüşür. Bu, Batı'da tarih felsefesinin başlangıçlarında Spinoza'da,

---

4 Seyyid Kutub, *Meâlim fi't-Tarîk*, Dâru'ş-Şurûk, Kahire 1980., s. 62-107.

Vico'da, Lessing'de, Herder'de ve Kant'ta, Batı medeniyeti Orta Çağlardaki yürüşünü durdurduktan sonra ve Avrupa toplumları uyanmak ve ilerleme yolunda yürümek istedikten sonra ortaya çıkmıştır. Tarih felsefesi, onların ilerlemesini ve yaşadıkları tarih dönemini belirlemek üzere meydana getirilmiştir. İslâm medeniyeti yedinci asırda durduktan sonra, tarih, milletlerin uyanışı ve çöküş sebepleri hakkında düşünmek için İbn Haldun'un ortaya çıkması tabiî idi. Yine geçen asırdaki rönesans çağında düşünürlerimizin tarih felsefesini kurmaya çalışmaları tabiî bir neticedir. Milletlerin yükseliş ve çöküş sebeplerini tahlil etmeksizin ve *İngiliz Anayasası*'nı, *Fransız Charta*'sını ve *Kanunların Ruhu*'nu çevirmekle yetinip, modern devleti özgürlük ve demokrasiyi savunarak parlamento, anayasa ve kuvvetleri ayırma üzerine kurmak amacıyla sosyal ve siyasî felsefelerle yetindiler. Ancak *Risaletu't-Tevhîd* adlı eserinde Muhammed Abduh bunun istisnasıdır. Bu eseri, tarihi, tamamlayıcı bir parçası olarak tevhîdin çerçevesine sokmuştur. Tarihte İslâm'ın hızlı yayılışından, bilim ve medeniyetin gerekleriyle uygunluğundan sözetmiştir[5]. Ancak bu, geriye doğru tarih ve geçmişe dönüş idi. Fakat bu ümmet, öncekilerinin salâh bulduğuyla dirlik bulur, selef haleften hayırlıdır, halef seleften daha kötüdür, asırların en iyisi benim asrımdır. "*Onlardan sonra bir nesil geldi, namazı (duayı) kaybettiler, tutkularına uydular.*" (*Meryem*, 19/59). Tarihi anlatmakta, teklikten çokluğa, imandan küfüre, sünnetten bid'ate, ehl-i sünnetten ehl-i ehvâya geçişinde eskilerin izinden gitmiştir.

Usûlu'd-dîn biliminin yapısı aşağıdaki gibi belirlenebilir: İki giriş vardır: Birincisi, "nasıl bilirim?" sorusuna, ikincisi "neyi bilirim?" sorusuna cevaptır. Birincisi, bilginin aracı, ikincisi konusuyla ilgilidir. Tarihî bilgi, hissî ve mütevâtirâttaki aklî bilgiyle ortaya çıkar. Ne var ki tevâtür, sözlü veya fiilî haberler verir. Ancak bu bilgi, tarihî olayların tahlilini, anlamını ve yasalarını vermez. Tarihî bilgi tarihten değil, dedi-diyor'dan, yani şahıs ve rivayetten senet yoluyla gelir. Gelen de, yeni bir yasa değil, harf harf, kelime kelime nakledilen bir sözdür. Böylelikle tarihî bilgi doğmamış, onun yerini ravi ve kussâs almıştır. Tarih kahve ve dinlenme yerlerinde, gecelerde ve eğlencelerde rivayetten yararlan-

5 Muhammed Abduh, *Risâletu't-Tevhîd*, Kahire, el-Menâr, ty., s. 182-195.

maya dönüşmüştür; tarihî bilinci arıtan, fiile yönelten ve insanları harekete geçiren bilgiye değil.

Bilginin konusu, evrendir. Eskiler, yeni bir düşünce arzusuyla, ki o Yunan ve İran tasavvurlarındaki ezelîlik ve Yaratıcı'nın reddinden ibaret eski tasavvurlar karşılığında sonradan yaratılma veya yaratma tasavvurudur, evrenin sonradan yaratıldığını ispatlamaya ve ezelî olduğunu reddetmeye çalışmışlardır. Ancak, bir harekete, zamana, tarihe, değişmeye, durağan olmayışa, yaratmaya, fenâ ve hebâya, fırtınalı bir günde rüzgârların ektiği zerrelere dönüşen yaratma yerine, evrenin sonradan yaratılmasına dönüşmüştür. Evren aktif olacağına, pasif olmuştur. İslâm dünyanın bir vurgulanması olacağına, tıpkı *Budizm* ve *Hristiyanlık*'taki gibi dünyanın reddedilmesi olmuştur. Değerini kendinden almayan, ondaki hiçbir şey sürekli olmayan ve kalıcı bulunmayan pasif bir dünyada bir tarih nasıl doğar? Âhiret daha iyi ve kalıcıyken, dünyadaki amel nasıl tamam olur? Yolcu gibi olduğu, garip gelip garip gideceği ve gariplerin mutlu olduğu bir dünyada insan nasıl eylemde bulunur? Tarih ancak dünyaya girmekle, onda eylemde bulunmakla, onda kalmakla, onu bir değer saymakla, itibarını geri vermekle, reddedilmesinden sonra kabul edilmekle, sufîyenin dediği gibi evreni Allah kabul etmekle ortaya çıkar. Yeryüzü ile gökyüzü, *Kur'ân*'daki şu âyetlerde zikredildiği gibi birleşemeyen iki varlıktır: "*Göklerin ve yerin tanrısıdır.*" (*A'raf*, 7/158), "*Göklerin ve yerin rabbıdır.*" (*Kehf*, 18/14), "*Gökte de tanrı, yerde de Tanrı odur.*" (*zuhruf*, 43/84).[6]

Bu iki girişten sonra, dördü akliyât, dördü sem'iyât olmak üzere bilimin yapısı sekiz konuda belirlenir. Akliyât; zât, sıfât, halku'l-ef'âl, husn-kubh'tur. Sem'iyât ise, nübüvvet, meâd, imân-amel, imâmettir. Akliyâtla doğru ve yanlış bulunur, onda hak tektir. Sem'iyâtta ise doğru ve yanlış onunla bulunmaz, hepsi zanniyât ve ihtimallerdir, ondaki hak çok ve çeşitlidir. Ancak, tarihî bilimler veya gerçeğin bilimleri yoktur. Bütün bilimler âdeta akıldan veya vahiydendir. İkisi arasında birli-

---

6 Bu konuda şu üç incelememize bkz. "Lâhûtu'l-Ard: Allah ve'ş-Şa'b ve'l-Ard", *el-Hıvâru'd-Dinî ve's-Sevra*, s. 125-181; *Mektebetu'l-Anclu'l-Mısrıyye*, 1977 (İngilizce) içinde; "Allah ve'l-Ard", *el-Yesâru'l-İslâmî* , sayı:2, Kahire 1982, el-Merkezu'l-Arabî li'l-Bahs ve'n-Neşr.

ğini, etkilenmelerini, hareketlerini ve bunun çatışmalarını bulacakları üçüncü bir taraf yoktur, ki bu gerçektir, tarihtir, kişilerin veya halkların tecrübeleridir.

Zât, nüfuz edilemez bir sırdır. Nasıl hatırına gelirse, Allah ona aykırı şeydir. Allah'ın zâtında bilinmesi mümkün değildir, ancak eserleri ve yarattıklarıyla bilinir Bu yönlendirme, Allah hakkındaki tecsîm, teşbîh ve maddîlik tehlikelerinin kökünü kazıyarak aşkınlık, soyutlama ve sûriliğe doğru şuuru sevkeder. Ancak o, zihni maddeden uzaklaştırır ve bakıştan çekindirir. Tarih, madde ve bakıştır. Böylelikle zât, tarihin dışında kalır. Siyonizm, Hegel ve Marx lehine, bizim aleyhimize bir nokta olur. Bu, mutlakın tarihe konuluşudur. Tarih hareket eder, halklar uyanır ve toplumlar hareketlenir.

Öncekiler zâtı nitelemelerinde, önceliği zaman sıfatlarına değil, ebedîlik sıfatlarına vermişlerdir. Onu altı nitelikle anlatmışlardır: Vücûd, kıdem, bekâ, muhâlefetun li'l-havâdis, yersizlik, vahdâniyet. *Vücûd*, çağdaş millî vicdanımızda hissetmediğimiz, boş, formel, lafzî ve ne olan, ne de olmayan sürekli bir gerçek olmuştur. İnsandan bu gerçeğe ortak olma fırsatı ve icat işleminde katılımı kaybolmuştur, eşyanın aslı olmak ve eşyanın kendisinde bulunmasıyla. *Kıdem*, millî şuurumuzu sürekli olarak sonradan yaratılmanın inkârına, eşyadaki yeniliği farketmeyişe ve eskiyi yeniye, alışılmışı alışılmamışa ve eskileri yenilere tercihe yöneltmiştir. *Bekâ*, millî şuurumuzu ebediyete kadar yaşatmış, sonu, müstağniliği ve ömür kısalığını hissetme ondan kaybolmuş, hayattaki dinamizm, zamandaki yaratıcılık ve dünyadaki yaşama yok olmuş, anlar ve işler eşit hâle gelmiştir. Dünyadayken âhiret hayatını önceden yaşamaya başladık. Ölünün yakınlarına başsağlığı dilerken "sağlık olsun" diyerek ömrümüzü başkalarınınki üstünden uzatırız, ölümü hayatın sevinçlerinden birini kutlarmışçasına kutlarız. *Muhâlefetun li'l-havâdis*, millî şuurumuzun her dönüşken ve değişken olayı benimsemesini (hâkim olmasını) sağlamıştır. Değişme ve dönüşme durmaz, özsüzdürler ve Allah'ı onlardan tenzih ederiz. Hayatımız değişmeden nefret eder ve durağanlığı yeğler oldu. *Yersizlik*, millî şuurumuzu tarihte var olmak eksiklikmiş gibi zamanın ve tarihin dışına yöneltmiştir. Tarihin dışında varlık bir değerdir. Bununla birlikte, çağdaş beklentimiz bir yerde var olmak, vatan aramak, bir ülke peşinden koşmak ve bir ikametin ardında yer almaktadır. Sömürge, toprağı yer ve zamanda işgal etmiştir. Filistin bir yer olarak kaybolmuştur. *Vahdâniyet*, düşünce ve siyasette tek taraflılık olmuştur. Tek görüş, tek mezhep, tek başkan, tek parti ve tek fırka, kalanların hepsi ateştedir! Hayatımızdan çeşitliliği kaldırmıştır. Muhalif görüşler arasındaki diyalog kaybolmuştur. Taraflar arasındaki mücadeleyi ortadan kaldırmıştır. Tarih, ancak güçlerin çatışması, tarafların birbirine girmesi ve teklik ile çokluk arasında gerginlikle ortaya çıkar.

Eskiler sıfatları yedi tane olarak belirlemiştir: İlim, kudret, hayat, sem', basar, kelâm ve irade. İnsanın emellerini, hayatında ve ölümünden önce gerçekleştirmeyi temenni ettiği ve dünyada şekillendirdiği uzak gayelerini, erişilmesi zor, başkasının, başka mutlağın nitelendiği, ben'den uzaklaştırdıkları, ben'i sıfatlardan soyutlanmış, değerlerden uzak, bilgisizliğe, âcizliğe, ölüme, sağırlığa, körlüğe ve zaafa maruz olarak bıraktıkları mutlak sıfatlardır. Bu sıfatlar, dünya hayatlarında, ne kendilerinde, ne de dünyalarında gerçekleşir. Bilakis, insanın onlar önünde aşağılık ve şaşkınlık hissettikleri istek olagelmektedir. İlim, insanî bir istektir. Onu gerçekleştiremeyince bir bileni gözünde büyütür, onu bildiği en üstünü, ki bu mutlak başkasıdır, bildiği en üstünle, ki bu ilimdir, niteler. Kudret insanî bir istektir. İnsan onu gerçekleştirmekten âciz kalınca, kudreti büyük görür ve bildiği en üstünü, ki o ma'buddur, bildiği en üstün şeyle, ki o kudrettir, niteler. Hayat, sem', basar, kelâm ve irade sıfatlarında da durum böyledir. Biz duymayız, ayağımızın altında olanı görmeyiz, dudaklarımız suskundur, istediğimizi yapamayız. Mahrum bırakıldığımız, bize üstün gelir. Onu kendimize güvenimiz kaybolduktan sonra başkasına güvenerek hayata, duymaya, görmeye, konuşmaya ve istemeye bizden daha lâyık olan ma'buda veririz. Böylece, ilim, kudret, hayat gibi hayatın bütün temellerini, duyma, görme, konuşma ve irade bulunan bütün hareket ve bilinç unsurlarını kendi dışımızda tutarız. Artık hayattan uzaklaşılmış ve tarihten düşülmüştür. Hayat ve tarihin dışında yaşıyoruz. Dünyayı düşünür, ama ona katılmayız.

Yoksun bırakıldığımıza âşık oluruz. Böylece bizde eksik olana taparız. Yoksunluğumuz, doygunluğa, eksikliğimiz olgunluğa daha yakındır.[7]

Zât ve sıfât problemi, tenzîhi anlatmanın ve Allah'ı kapsamlı bir aklî prensip olduğu biçiminde tasavvur etmenin bir aracıdır. Tevhîdin saf aklî bir prensip olarak devam etmesi için, ondaki sıfatlar zâtın kendisi olur. Ancak ne yazık ki, sayesinde hayatımızdaki düşüncelerin kişileştirilmesinin ve kişiye tapınma durumuna düşmemizin kökünün kazınabilmesi mümkün olan bu tasavvur devam etmemiştir. Allah'ın fiillerinin görülmesi için sıfatları zâta ilâve olarak ortaya koyan diğer akım hâkim olmuştur. Böylece teşhîs'e düştük, üstelik bu akımdan yararlanabileceğimiz şeyleri almaksızın; bu maddenin, bakışın, hissetmenin ve buna bağlı olarak tarihin önemidir. Tenzîh ve teşbîh, iki zıt taraf, ideal ve gerçek, sûret ve madde olarak devam etmiştir. Buna bağlı olarak da, idealin reelde, sûretin maddede, değişmeyenin değişende gerçekleştiği tarih kaybolmuştur. Tasavvurda üçüncü bir tarafı ortaya koyabilen, iki tarafı hareket, diyalektik ve çatışmaya dönüştüren ortayolculuk da kaybolmuştur. Allah'ı olayların bir yeri, yani Allah'ı tarih olarak tasavvur eden Kerrâmiye yaşamamıştır. Bu, sayesinde tarihin belirebileceği, Allah'ın tarihte, tarihin Allah'ta olduğu bir tasavvurdur. İki akımın da olumsuz yanlarını aldık: Maddesiz boş sûrîlik, tarihsiz somut madde.

Fiiller meselesinde Eş'arîlerin tasavvurunu miras aldık. Allah her şeye, kâinatı yaratmaya ve yaratmamaya, insanı öldürmeye ve yaşatmaya, hatta mevcut olmayanı yaratmaya ve yaratmamaya kâdirdir. İnsanî kudret, fiilden önceki ve sonraki güç yetirmeyi inkâr etmiştir, sadece fiil sırasında ve fiili yapmaya gücü olmaksızın, ilâhî kudretin müdahalesini ve fiilin oluşunu mümkün kılabilen bir münasebeti ortaya koymuştur. İnsan için şimdiden önceki geçmiş bir tarih vardır, şimdiden sonraki gelecek bir tarih değil, insanın fiili zamansız ve tarihsiz şimdiye bağlıdır, geçmişteki fiillerinden ve gelecekte yapacağı fiillerden sorumlu değildir. Ne yazık ki, Mu'tezile, millî bilincimizde, fiilden önceki ve

7 İşte burada Feurbach'ın dinî düşünce tarihindeki önemini, insanın sıfatlarını geri istemesi, meşru yerine dönüşü ve karışık tutumundan vaz geçişi girişiminde kendini gösterir. Şu incelememize bkz. "el-İgtirâbu'd-Dinî inde Feyûrbâh", *Âlemu'l-Fikr*, cilt:10, sayı:1 (Abrîl-Mâyû-Yûnyû) 1979.

sonraki kudreti, insanın tarihi ve yürüyüşü olması, fiilin bağlantı ve sürekliliğinin olması için üreme yoluyla insanın geçmişteki ve gelecekteki sorumluluğunu meydana getirmek düşüncesiyle uzun süre yaşamamıştır. Mu'tezile'nin üç asrı, Eş'arîlerin ondört asrı önünde ne yapabilir? Hatta, bizzat iç şuurun fiilleri de Allah'ın elindedir. İnsan, sevilmeye ve üzülmeye, hidayeti bulmaya ve sapıklığa düşmeye, başarıyı elde etmeye ve başarısızlığa uğramaya, ancak Allah'ın bir emri, fiili ve iradesiyle güç yetirebilir. İnsandan, yenilmesi ve hezimetlerine üzülmesiyle iç sevinci gitmiştir. İradesiz, şuursuz, tarihi içinde değil dışında, uzaydaki dar yoluna bağlı, çizgisiz ve yürüyüşsüz olmuştur. Hür insanî fiil ve kudret kaybolunca, kudret ortadan kalkınca insanın tarihte rolü kalmaz; onda etkili olacak fiili de yoktur. İnsan bir yasayı plc.1, s.111-127.nlayıcı, yönetici ve idrak edici değildir, bilc.1, s.111-127.kis sadece bir uygulama âleti, başkasının fiilinin aracıdır. Bu âletin, bir çağrı için ilahî kudreti temsil eden beşerî güçler eline düşmesi ne kolaydır. Fiil içinden değil dışından geldiği sürece bu âletin sâkin olarak gizlenmesi ne kolaydır. Halklarımız, artık yöneticilerin ellerinde, emriyle hareket eden ve kendi kaderlerini kendilerinin belirlemesinden âciz olarak devam eden araçlara dönüşmüştür. Tarih, şuurda ancak hürriyeti ortaya koymanın bir sonucu olarak doğmuştur, hatta **Croce**'nin dediği gibi "tarih, özgürlüğün hikâyesidir."[8] Bütün tarih, dinî ve siyasî otoritelerin dış öğütlerinden insanlığın hürriyete kavuşmasının hikâyesidir.

Hüsn-kubh meselesinde, aklı naklin esası kılan tutumlarını millî şuurumuzdaki temel bir yapıya dönüştürmek üzere Mu'tezile ne yazık ki uzun süre yaşamamıştır. Beşinci asırdan şimdiye kadar nakli, aklın esası kılan Eş'arî tasavvur hâkim olmuştur. Bilgi konusundaki teorimiz vahiy ve ilhama, naslarla tefsîre dayanır olmuş, "hırsızlar da girmiştir."[9] Gerçeği aklın tahliliyle değil, nasla kavradığımızda onu görmek ve yasayı kavramak zordur. Te'vîl çatışmalarına giren naslara dair çok konuşur olduk, ama gerçeğin kendisi bizden uzaktır. Tarihi nasların te'vîline, eşyayı kelimelerin anlatımına bıraktık. Gayeliliği bıraktık ve karanlık dünyada yaşadık. Mu'tezile'nin salâh-aslah, irade, istihkak ve tekfîr ko-

8 B. Croce, *History as Story of Liberty*, trans. by. Sylvia Sprigge, Chicago 1970.

9 Bu sözler, Filistin direnişinin şairi Mahmud Dervîş'indir.

nusunda yaptığı gibi, tarihin konularını düşünmedik. Gayelilik millî şuurumuzdan uzaklaştı. Halbuki bu, Kant ve Fichte'de Allah'ın varlığına dair varlık delilidir, Herder ve Lessing'de ilahî inayetin yegâne göründüğü yerdir. Akıl ve nakille birlikte üçüncü taraf olarak bütünüyle gerçek kaybolmuştur. Akılla boşlukta ilişki kurulmuştur. Nas, tutkuya bağlanmıştır. Bizzat gerçek, nassın içeriği ve aklın maddesidir. Gerçek bizden uzaklaştığı sürece, tarih de bizden uzaklaşmış olur.

Nübüvvet meselesinde de, aklın ve iradenin bağımsızlığını duyurmak ve vahyin insanlığın gelişimindeki gayesini gerçekleştirmesinden sonra insanî bilincin ortaya çıkması için, Mu'tezile uzun süre yaşamamıştır. Nübüvvetin tamamlanması, akıl ve irade olarak insanî bilincin tamamlanması anlamına gelir. Ne yazık ki, insanı hakka yöneltecek ve ona doğru yolu gösterecek bir peygambere veya vasîye ihtiyaca dayanan Eş'arî tasavvur hâkim olmuştur.[10] Peygamberin doğruluğunun delili, aklî burhan değil, tabiî yasaları kaldırmak anlamında mucizedir ve âdet (normal) olanın aksine yürümektir. Peygamberlik, peygamberde somutlaşır, peygamberler arasındaki fazilet derecesi sonuncunun gelişiyle ortaya çıkar. Peygamberler her biri insanî bilincin ilerlemesine tarihî dönemine göre katılmakla birlikte en sonuncuları en faziletlileridir. Sonra, peygamberliğin medeniyete, vahyin insanî bilimlere dönüşme keyfiyetini açıklamaksızın, peygamberliği devam ettirerek peygamberin ailesi, arkadaşları, halîfeleri ve ümmetin bilginleri arasında fazilet dereceleri tamamlanır.

İşte burada, peygamberlik tarihte bir ilerleyiş ve peygamberin insanî bilincin ilerleyişindeki rolü dolayısıyla tarihe dair bir bahisin doğma fırsatı vardır. Ancak güçlük, peygamberliğin peygamberlerde somutlaşmasıdır. Peygamberler arasında fazîlet derecesidir, tarihin hesaba katılmayışıdır. Peygamberlik âdeta belli bir zaman ve mekânda belli bir halkla değil de boşlukta ortaya çıkar. Garip olan şu ki, bizzat *Kur'ân*, peygamberlerin hayatlarını anlatır. onların içtimaî, siyasî, ahlâkî ve dinî misyonlarını, toplumlarıyla çatışmalarını, halklarına önderliklerini ve

---

10 Muhammed Abduh, akıl ve iradenin bağımsızlığını yeniden vurgulayarak Mu'tezile'ye yaklaşmakla birlikte, insan bir vasîye, ki o peygamberdir, hâlâ muhtaçtır. Bkz. *Risâletu't-Tevhîd*, s. 80-82.

tarihin akışını değiştirişlerini nakleder. *Kur'ân*, sözü şimdiki nesle getirir: "*Onların kıssalarında akıl sahipleri için ibret vardır.*" (*Yusuf*, 12/111) Mazi bizde, maziden şimdiye, şimdiden geleceğe bir ilerleme olacağına, geleceği tasarlayacağımıza ve gözlerimizi öne çevireceğimize, dönmek istediğimiz ve gözlerimizi oraya çevirdiğimiz bir özlemdir. Peygamberliği tarihten kopardık, kalplerimize koyduk, tarihsiz olduk, peygamberlere salât ve selâm ediyoruz, son peygamberin doğumunu kutluyoruz.

Meâd konusunda Mu'tezile ölümden sonraki âlemi, adalet ve hukukun hâkim olduğu, insana dünyasında emel veren, zulüm karşısında onu güçlendiren bir dünyanın sembolü olarak tasavvur edebilmiştir. Sonuçta adalet mutlaka hâkim olacaktır. Bunun sonuçlarından biri, adalet zulme, hürriyet baskıya, eşitlik eşitsizliğe zafer kazanacağı sürece tarihin ve insanın fiilinin ortaya konuluşudur. Ama ne yazık ki kendisindeki bütün sûret ve sembollerin gerçek bir âlem olduğu biçimindeki Eş'arî-ler'in meâd tasavvuru zafer kazanmıştır: Mîzan ve sırat, şefaat, sevâb-ikâb, cennet-cehennem. İnsanlar onda dünyadaki sıkıntılarının karşılığını ve âhiretteki musibetlerinin bir tecellisini bulurlar. Ona meyil duyarlar ve onu beklerler, henüz meydana gelmeden önce onda yaşarlar, zalime beddua ederler, Allah'a şikâyette bulunurlar, takdirini kabul ederler, şayet mukadder olanı bilseler, olanı tercih ederlerdi! Tarih insanların ondaki fiilinin kayboluşuyla kaybolmuştur. Yöneticiler bunu istismar etmiş, dünyanın kendilerine kalarak istediklerini yapmak için halkları âhireti dünyaya tercihe yöneltmişlerdir. İnsanlar âhiretlerinde dirilişi bekleyerek dünyalarında ölmüşlerdir.

İman ve amel konusunda, Mu'tezile, ameli imandan bir cüz yapabilmiştir. Amelsiz iman, nifaktır ve fısktır. Havâric ameli, imanla aynı kabul etmiştir. Bu düşünceye göre amelsiz iman açık bir küfürdür. Bunun için Mu'tezile, işbaşındaki gayri meşru sistemlere muhalefet edebilmiş, muhalif cepheler ve muhalefet düşüncesini oluşturmuştur. Havâric de fiilî direnişi, kılıca dayalı gayrimeşru sistemlere isyan etmeyi örgütleyebilmiştir. Ama ne yazık ki, düşünce ve davranış olarak muhalefet ortadan kaldırılmış, direniş kırılmış, toplum dışında kendini kapatmış temiz topluluklar oluşmuş, Eş'arîlerin ve Ehli Sünnet akîdesinin temsil ettiği devletin resmî düşüncesi hâkimiyet kurmuş ve iman amele ihtiyaç olmaksızın tek başına yeterli bulunmuştur. Lâ ilâhe illallah, Muhammedun Resûlullah diyen herkes müslüman olur, İslâm ümmetinin bir üyesidir, onların hak ve borçlarına sahip olur, müslümanlarla evlenme hakkına, mezarlarına defin ve onlardan miras alma hakkına kavuşur, küfrü kalbinde gizlese ve amelinin imanla ilişkisi olmasa bile. Ameli kıyamet gününe ertelenir, bu konuda Allah dilediği hükmü verir. Bu anlayış, nifak ve fısk için alanı genişletir, hayatımızdaki ikilemin sebebi olur.[11] İman, sadece dudaklarda bir tekerleme olur, kelime-i şehadet de izlenen bir hak olmaksızın kelimelerle imandan ibaret kalır. Amel ise imanın ifadesi veya gerçeğe tanıklık ve onu görme, zulmü defedişte şehitliğe erme olur. Müslümanlar kaliteye değil niceliğe yöneldiler, kalite değil sayı ve ateşsiz kül oldular. Dünyayı fiilleriyle değil vicdanlarıyla yaşarlar, yollarını davranışla değil sözleriyle bulurlar. Tarih hareket ederken ve milletler ilerlerken ağlamaya veya bağırmaya başladılar. Öbür taraftan da "*İyilik işlemekte önde olanlar, karşılıklarını almakta da önde olanlardır.*" (*Vâkıa*, 56/10) âyetini okurlar.

İmâmet konusunda, tayinle değil de seçimle gelişinde Ehl-i Sünnet'le birleşmelerine rağmen, Kureyş'e mensup olma şartını düşüren Mu'tezile ve Havâric'in düşüncesi ne yazık ki yaşamamıştır. Bu, imamın sürekli olarak askerler, hükümdarlar ve emirler gibi belli bir gruptan, belli bir sınıftan, hatta imamın çıkmadığı belli bir aile ve kabileden olmasına yol açmıştır. Öyle ki Ehl-i Sünnet'in tutumu, tayini benimsemekte Şiâ'nın tutumuna çok yakın olmuştur. Sünnî tutumun olumlu yanlarından birini, imamın seçimini benimsemeyi kaybettik, Eş'arîler'in olumsuz yönleri çok ileri gitmiş, hatta olumlu tutumuna da yansımıştır. İstisna kaidenin önünde duramaz. Nitelikleri ve olgunluklarıyla imam övülmüştür. O, ilham alan bir reistir, insanların en bilgilisidir, en imanlısı, en cesuru, en fazîletlisi, en takvalısı, en titizi, en uzun namaz kılanı, en çok oruç tutanı ve itikâf yapanıdır. Şeriatı uygulamakta aldırışsızlık ettiğinde, ona karşı geldiğinde veya tanımadığında imamı görevden

---

11 Bu konuda şu makalemize bkz. "et-Tefkîru'd-Dînî ve İzdivaciyyetü'ş-Şahsiyye", *Kadâyâ Muâsıra*, Dâru'l-Fikri'l-Arabî, Kahire 1976, c.1, s.111-127.

alma konusu millî bilincimizde sürmemiş, onun yerine imama mutlak itaat ve hatta sultanın katırına bile dokunmayış sürmüştür. Böylece, vakit geldiğinde ve imam azgın ve taşkın devlete karşı mücadele emri verdiğinde, *Şiâ*'nın ayaklanması bir yana, *Ehl-i Sünnet*'ten çok *Şiâ*'ya yakın olduk. Şayet devletin imamda yoğunlaşması ve kitlelerin rolünün yok edilmesi olmasaydı, kitlelere, onların hareketine, sorumluluklarına ve iradesine dayalı bir tarih tasavvuru çıkabilir, bütün tasavvur önderlik ve önder çevresinde toplanmaz ve yalnızca kahramanlar olumlu ya da olumsuz olarak tarihin yapıcıları olurdu.

Fırkalar konuşunda, *Ehl-i Sünnet* bilginleri *Fırkalar Tarihi*'ni yazdılar ve akaidle ilgili konuları meşhur fırka-i nâciye hadisine dayanarak bitirdiler. Bu hadis şöyledir: "Ümmetim yetmişüç fırkaya ayrılacak, biri hariç hepsi cehennemde olacaktır. O da, benim ashâbımın bulunduğu durumu benimseyen fırkadır." (Ebu Davud, *Sünnet*, 1; Tirmizî, *İman*, 18; İbn Mace, *Fiten*, 17). Böylece, bütün fırkaların tekfîri, bütün içtihatların kökünün kazınması, bütün hasımların kanının mübah kılınması ve bir fırkanın -ki bu devletin fırkasıdır- kendisini doğru bulması durumu ortaya çıkmamıştır. Tarihte meydana gelen her şeyin kökü kazınmış, her içtihat reddedilmiş, çeşitlenme ve görüş farklılığı affedilmeyen bir günah, işleyenin hapis, sürgün ve idam cezasını hakettiği bir suç olmuştur. Başka hadisleri unuttuk. Mesela şu hadisler bunlardandır: *"Ashâbım yıldızlar gibidir. Hangisine uysanız, doğruyu bulursunuz."* (Benzeri için bkz. Ahmed bin Hanbel, *Müsned*, 3/157) *"İmamların ihtilafı, aralarında rahmettir."* Tarihin yürüyüşü, teklikten çokluğa, kemalden eksikliğe, tavandan tabana, imandan küfre doğru olmuştur. Tıpkı şu hadisteki gibi: *"En hayırlı çağ, benim çağımdır."* (Buhari, *Menakıb*, 23; Müslim, *Fedailu's-Sahabe*, 210, 211, 212). Sahabe tabiînden, tabiîn etbau't-tabiînden daha üstündür. Bu, kendinden önce küfrün yayıldığı ve imanın gizlendiği kıyamet gününe kadar böyledir. Tarih sürekli bir inişte yürür, zaman olumsuz doğrultuda işlev görür. Olandan daha iyisini ortaya koymak mümkün değildir. Selef ne iyi, halef ne kötüdür. Bu, İbn Haldun'un tarih felsefesinde açıkça ortaya çıkar. Sanki milletlerin bir birikimi olmamış, nesiller birbirini tamamlamamış, eskiler hak, yeniler bâtıl üzereymiş, bütün dünya çöküşe doğru gidiyormuş gibidir. Öyleyse soru şudur: Milletler, vicdanlarında tarihin sonsuza doğru sürekli bir çöküş olduğu duygusu varken nasıl ilerler? Yorgunluk, gayret ve ilgi niçin? Halbuki Batı'daki tarih felsefeleri, ancak yenilerin eskilere üstün gelmesinden ve ilerleme kavramından sonra başlamıştır.[12]

Göründüğü kadarıyla, *Usûlu'd-Dîn* biliminin fırkalar konusuyla bitmesi, bizzat "insan"ı bilimin bir konusu olmaktan tamamen uzaklaştırmıştır. Zât, sıfat ve fiillerin hepsi, tabiat yasalarından, insanın aklından ve irâdesinden yararlanmasına karşı savunmak üzere, Allah içindir. Buna bağlı olarak, insan da, tıpkı tarih gibi, inancın ekseni olmaktan uzaklaşmıştır. Bunun sonucunda, dramımız "insan" ve "tarih" ekseninde olmuştur.

4. Hikmet Bilimlerinde Tarihin Kayboluşu:

Hikmet bilimleri veya felsefe, tarihe dikkat çekmemiş ve onu hesaba katmamıştır.

Fârâbî, *İhsâu'l-Ulûm*'da bilimleri beş gruba ayırmıştır: 1) Dil bilimi, 2) Mantık bilimi, 3) Teâlîm (riyâzet/matemaik) bilimi, 4) Tabiî bilim, 5) İlâhî bilim; daha sonra medenî bilim, fıkıh bilimi ve kelâm bilimi. Tarihin bazı konuları, medenî bilimde (sosyal bilimlerde) ve dinî-şer'î bilimlerin bir parçası olarak ve bilimler taksimine giren bağımsız bir konu olmaksızın tevhîd bilimi ile fıkıh biliminde kendini gösterir. Böylelikle, tarih, bağımsız bir bahis olarak doğmamıştır.

İbn Sînâ'nın *Aksâmu'l-Hikmeti'l-Akliyye*'sinde tarih hiç yer almamıştır. Hikmet, nazarî ya da amelîdir. Nazarî hikmet, mantık, riyâzet ve metafizği içerir. Amelî hikmet, ahlâk, siyaset ve tedbîr-i menzili (ekonomi) kapsar. Fârâbî'nin insanî bilimleri veya medenî bilimi, İbn Sînâ'nın ahlâk, siyaset ve iktisat bilimleri, tarihin yerini almış gibidir. Bu, Fârâbî'nin *el-Medînetü'l-Fâdıla*'sındaki gibi ideal toplum, İbn Sînâ'nın yaptığı gibi olması gerekenin ahlâk, siyâset ve iktisat bilimlerinde belirtilmesi yoluyladır. Tarih bahsi ya bağımsız bir konu olarak kayıptır ya da

---

12 Şu makalemize bkz. "el-Yemîn ve'l-Yesâr fi'l-Fikri'd-Dînî", *et-Talî'a*, Oktober 1976.

bazı konuları ve alanları diğer bilimlere katılır, tarih onların görüntülerinden biri olur. Buna bağlı olarak, tarih kaybolmuş, onun bir konusu olmamış veya diğer sosyal bilimlerin tarihin bir alt dalı olduğu bağımsız bir alanı bulunmamıştır. Tarihî bilimler, insanî bilimlerle eşanlamlı olmuştur.

Filozoflar, hikmeti üç kısma ayırmıştır: Mantık, tabiîyât ve ilahiyât.

Mantık, zihni hatadan koruyan âlettir, bütün bilimlerin âleti ve şartıdır, düşüncenin yasalarını koyar, bunlar çoğunlukla kıyasın şekilleridir. Müslüman mantıkçılar, mantığı ikiye ayırmıştır: Yakîn mantığı; kelimeleri, cümleyi kıyası ve burhanı içerir. Zan mantığı; cedel, safsata, hatâbe ve şiiri içerir. Ancak, milletlerin ve toplumların diyalektiğini ve çatışmasını içeren bir tarih mantığı yoktur. Aynı şekilde, insanların canlı tecrübelerinin ve günlük hayatlarının şuurî bir mantığı da söz konusu değişdir. Halbuki Kur'ân, evrenin değişmez yasalarından söz etmiştir: "*Allah'ın sünneti için bir değişme göremezsin.*" (*Ahzâb*, 33/62); "*Allah'ın sünneti için bir dönüşme göremezsin.*" (*Fâtır*, 35/43). Göçen ümmetlerin hâlini düşünmeye de çağırmıştır: "*Yeryüzünde yürüyün. Yalancıların âkıbetinin nasıl olduğunu görün.*" (*Âli İmran*, 3/137). Bunun için, aklımız gerçekten ayrılmış, tarihte faaliyet göstermemiş, tıpkı eskilerde olduğu gibi formel kalmıştır. Milletler tarihin mantığını, diyalektiğini, hareketini, yürüyüşünü, bilimini ve aklını keşfettikten sonra ilerlemiştir.

Tabiîyât, yukarı doğru çıktığımızda kemal mertebelerinin en üstüne, aşağı doğru indiğimizde kemal mertebelerinin en azına vardığımızı göstermek üzere, tabiî olayların en üstün ile en alt arasında düzenlenir. Tabiîyâtın en altında madenler bulunur. Onları, aşağıdan yukarıya doğru derecelenerek dört unsur, nebat, hayvan, bedene bitişik insanî nefis, mufârık akıl izler. Bizzat madenler, ağırlık ve hafiflik bakımından birbirlerinden farklılık gösterirler. Dört unsur da aralarında iniş ve yükseliş açısından, toprak, ateş, su ve hava sıralaması içindedir. Nefisler, nebatî, hayvanî ve insanî şeklinde derecelenir. Nebatîler, beslenme gelişme ve üreme, hayvanîler de his ve hareket, his de dış hisler-iç hisler, hareket gayriirâdî ve irâdî derecelenmesine tâbi olur. Beş duyu, koklama, dokunma, tat alma, işitme ve görme şeklinde derecelenir. Akıllı nefsin güçleri, madde-sûret, heyûlanî (maddî) akıl, meleke (ilkeleri kazanan) akıl, müstefâd (kazanılmış) akıl, bilfiil (fiil hâlindeki) akıl ve faal-mufârak (etkin-göksel/soyut) akıl şeklinde sıralanır. Buna bağlı olarak tabiîyât ilahiyâtla birleşir ve onda son noktasını bulur. Bu yukarıdan aşağıya, aşağıdan yukarıya, bir kere yükselen, bir kere inen kademeli tabiîyatta tarih doğmaz, nebatın, hayvanın ve toprağın tabakalarının tarihi bile bulunmaz. Dünyanın veya insanın tarihi yer alamaz Her olay, zamanda gelişmez, değerler merdiveninde yerini alır. Buna bağlı olarak, gelişmeler olumlu biçimde yukarıdan aşağıya, olumsuz olarak aşağıdan yukarıya, arkadan öne bir yükselme, önden arkaya bir gerileme olmaksızın ebedîlikten zamana, zamandan ebedîliğe, zamandan zamana, tarihten tarihe doğru olur. Bilakis hareket ve zaman bahisleri, insanî değil, tabiî şeyleri belirtmek için saf formel bahisler olmuştur. İlerleme ve gerileme, zaman değil, mertebe ve şerefle gerçekleşmiştir. Dört illet, maddî illetler tarihte bir harekete, sûrî illetler bir akıla, aktif illetler bir fiile ve gâî illetler bir gayeliliğe dönüşmeksizin, sadece eşyayı belirtmenin zihnî kalıpları olmuştur.

İlahiyâtta âlem, bilgi, varlık ve değerde, ikiye ayrılmıştır: Hissî âlem-aklî âlem, görülen âlem-görülmeyen âlem, maddî âlem-sûrî âlem, mutlak âlem-nisbî âlem, sonlu âlem-sonsuz âlem, fânî âlem-bâkî âlem, sonraki âlem-ezelî âlem, mümkün âlem-vâcip âlem. Bu taksim, pratikte hayır-şer, sevap-ikâp, cennet-cehennem, melek-şeytan, erkek-kadın, hak-bâtıl, doğru-yanlış, helâl-haram, iman-küfür, İslâm-câhiliyye şekline dönüşüyor. Bu birbirine zıt ikilide, aralarındaki çatışma kaybolur, bir taraf olumlu, diğeri olumsuzdur, aralarında bitişme ve orta yoktur. Birinin varlığı, diğerinin yokluğuna bağlıdır. Buna bağlı olarak, zamanda ebedîliğin, nisbîde mutlakın, maddede sûretin, tarihte fiilin gerçekleştiği tarih kaybolur. Bu ikili taksim, millî şuurumuza âlemi yok saydırmış ve onu bâkî görmemesini sağlamıştır. Sonra da fânîliğe bedel ve teselli bulduğu âlemin ötesine âşık olmuştur. İşte bu ilahiyât bizi ikiye ayırmış, bizim ya ikisini birbirinden ayırıp sûfî olmamızı, ya da ikisini barıştırarak ruhu bırakıp maddede yahut da maddedeyken ruhta olmamızı istemiştir. İşte gök ile yer arasındaki bu ikilik, bizim yerden aldığımızı göğe, gökten aldığımızı yere vermemizi sağlamıştır. Böylece yeryüzü, ayaklarımızın altında kaybolmuştur. Sadece yeri ve dayanağı olmayan boş bir kap olarak dünya kalmıştır. Tarihi ikiye ayırdık, gücü gitti ve sürekli değişmezlik ve küle dönüştü. İbn Sînâ'nın ilâhiyâtın sonunda dediği gibi ilahî fezâda meydana gelmesinden dolayı kötülüğe şaşar duruz.

İhvânu's-Safâ hikmet bilimlerine yeni bir kısım eklemiştir. Bu, "en-Nefsâniyyâtu'l-Akliyyât"tır. Mantık, tabiîyyât ve ilahiyâttan bağımsız bir kısımdır. Ancak tamamen ayrılmaksızın eski üçlü taksimle bağlantılıdır. İşrâkiyâta boğulmuştur. Böylece, nefsin veya ruhun bir tarihini ortaya koyma fırsatı kaybolmuştur. Evren ile insan arasındaki karşılıklılık, evren büyük insan, insan küçük evrendir biçiminde ortaya çıkmış, buna rağmen insanın veya evrenin bir tarihi doğmamıştır. Durum, felekler ve burçlarının arkasındaki edvâr ve ekvârdan söz etmeyi, tarihin dışındaki bazı hareketleri ortaya koymayı aşmamıştır. Hikmetin bir kısmı olarak insanî, sosyal ve tarihî bilimlerin kurulma fırsatı kaybolmuştur. Nitekim Fârâbî, aynı eksikliği tamamlamaya çalışmış ve *es-Siyâsetu'l-Medeniyye*'de buna bir fasıl ayırmıştır. Bununla birlikte durum, sadece filozofun zihninde var olup, tıpkı tabîiyât ve ilahiyâtta olduğu gibi evrenin hiyerarşik tasavvurunu anlatan ideal devleti ortaya koymak üzere, zaman ve mekânın dışındaki toplumların bir nitelemesi olarak, *Erdemli Devlet Halkının Görüşleri* ile bilgisiz, yoldan çıkmış, değişme içindeki ve zorba devletler gibi onun zıtlarından öteye gitmemiştir. Fârâbî'ye göre insâniyât, tıpkı tabiîyât gibi, dünyanın aynı hiyerarşik tasavvuruna dayalı "ters çevrilmiş" ilahiyâttır. Fârâbî, evrendeki çatışma ve hareket yasalarından bahsetmekle birlikte, bu bahsedişi, belli toplumlarda gerçekleşmeyen ve tarihin yasalarını keşfetmeye yol açmayan saf formel bir bahsediştir. *es-Siyâsetu'l-Medeniyye*'de, yiyecek, içecek, nikâh ve şuûbiyenin bir etkisi olarak birbirlerine üstünlüğü açısından herbirinin özelliklerini belirlemek üzere Arap, Fars, Türk ve Rumlar'dan, milletler içinde yer aldıktan sonra bir bütün olarak ümmetin yörüngesini söz konusu etmeksizin bahseder. Bazen de söz, milletlerin medeniyetlerine ve medeniyetlerin Fars'tan Rum'a, Arap'a, Türk'e geçişine gelir. Dünya tarihi, medeniyetlerin tarihi ve tıpkı mezhepler tarihi kitaplarındaki gibi milletlerin tarihidir. Nitekim Şehristânî *el-Milel ve'n-Nihal*'de Hint, Çin, Yunan ve Rum medeniyetlerinden sözeder. İbn Miskeveyh de *Tecâribu'l-Umem*'de aynı şeyi yapar.

5. Tarihin Tasavvuf Bilimindeki Yükselişi:

Tasavvuf biliminde hareket, ilerleme ve yükselme, cehd ve çatışma, ilgilenme, elem, sevinç, kaybetme ve ümit ortaya çıkmıştır. Ancak, nefs göğe, dünya dışına yükselirken ferdî ruh içindedir. Bunun için, dünya içinde kitlelerin fiili ve hareketiyle bir milletler tarihi ortaya çıkmamıştır. Başlangıçta tasavvuf tarihten bir ümit kesme, zulüm ve taşkınlığa pasif bir direnme, lüks, israf ve dünyaya bağlanma görüntülerinin bir reddidir. Sûfîler, dünyayı kurtarmaktan ümit kestikten sonra nefsi kurtarmayı ve kendileriyle birlikte dünyayı yükseltmekten ümit kesince Allah'a yükselerek, ya da Gazzâlî'nin dediği gibi *Meâricu'l-Kuds fî Medârici'n-Nefs* (nefsin yükselişinde kutsalın merdivenleri) ortaya çıkmıştır. Dışardaki amel değiştikten sonra içe, açık eylem değiştikten sonra gizliliğe ve kitlelerin hareketinden uzaklaşmalarından sonra kapalı topluluklara sığındılar. Yüzlerce ehl-i beyt önderi zulüm ve taşkınlık güçlerine fiilî direnmenin bir olarak meşruluğu ve müslüman kitlelerin genel bey'atini savunmak üzere şehit olmuştur. Önderlerin nefsi arındırmak, Allah'ı anmak, dünyayı ve tamahını terk etmek ve dünyada olanı dünyada olana bırakmak suretiyle geleceğe hazırlanmak için gizlenmesi tabiî idi.

Sonuçta, zühd, fakr, sabr, tevekkül, rıza, kanaat, haşyet vb. sûfiyenin zikrettiği makam diye adlandırılan şeylerde pasif değerler ortaya çıktı. Sonunda insanlar gerçeklerini göremedi ve toplumlarından uzaklaştı. Esasen bu değerler dünyevî lüks ve israf görüntülerine bir tepki ise, bunlar yoksullardan çok zenginlere daha yararlıdır. Fakat görülen o ki, tasavvufa atılanlar yoksullardır. Onlar zühd yapacakları bir şey olmadığı halde zâhiddirler, yoksulluklarına yoksulluk katmak için yoksuldurlar, sabırlı oldukları halde sabırlıdırlar, iş yapmadıkları halde tevekkül ederler, öfkelerini kabartan bütün her şeye rağmen rıza gösterirler, zenginlerin hırsı önünde kanaat gösterirler, yöneticilerden tıpkı Allah'tan korkar gibi korkarlar. Zenginler de bu kavramları yoksullara aktarmak, bunlar sayesinde sosyal durumlarını örtmek, insanları uyutmak ve hareketlerinden sakınmak üzere iman ve takvadan ağızlarını doldura doldura sözetmek amacıyla kullanırlar. Bu olumsuz değerler, yoksulluk, sıkıntı, korku ve yoksunluk durumlarının gelişmesine, toplumun zenginler-yoksullar, ezenler-ezilenler, güçlüler-zayıflar şeklinde ikiye ayrıldığı işbaşındaki sistemlerin kurallarının yerleşmesine yardımcı olmuştur. Böylece, tarih hesaba katılmamıştır. Tarih milletlerin hareketiyle ortaya çıkar, mücadele, çatışma, muhalefet, ret, öfke ve temerrüt değerlerine atılır. Yahut da tarih, sûfiyye veya yöneticilerden, din veya dünya adamlarından seçkin bir grubun elinde olur, onu diledikleri gibi yürütürler, kitleler de onlara tâbi olurlar. İnsanlar çatışmalar vehmetmiş, kendi başlarındaki çatışmaları unutmuşlar, nefsin hevesleriyle, bedenin arzularıyla ve şeytanın fısıltılariyle savaşmışlardır. Korku, yoksulluk, sömürü, yoksunluk ve iletişim araçlarının yaptığı bilinç kirlenmesini unutmuşlar, kurtuluşun dipte bulunurken geleceğini sanmışlardır.

Makamlar hakkında söylenenler, havf-recâ, sahv-sekr, gaybet-huzur, heybet-üns, kabz-bast, fakd-vecd vb. sûfiyenin olumlu-olumsuz iki kutup arasında gidip gelmesini sağlayan haller hakkında da söylenir. Sûfî ,bir halden ötekine sırayla geçer. Sonunda fenâ haline ulaşır, ünsiyyetini bütünüyle mahveder ve varlığı tamamen fenâ bulur. Bunun için Muhammed İkbâl, sûfîyenin fenâ haline hücum etmiş ve şahsiyetin, kâinatın özü ve tarihin ekseni olduğunu ortaya koymuştur.[13] Buradaki diyalektik, sosyal güçler değil, nefsin halleri arasındadir, zâtın varlığını ortaya koyuşuyla değil, fenâ buluşuyla sona erer. Buna bağlı olarak, fiilî tarih kaybolur, ruhun gezisi ortaya çıkar, dünyanın tarihi sanki ruhun tarihidir. Bu durum özellikle de içine medeniyeti, insanı veya tarihi almayan ferdî ruh olduğunda böyledir.

Tarih bazan düşüş olabilir. Nitekim İbn Arabî *Fusûsu'l-Hikem*'de Hz. Âdem'den başlayarak Hz. Muhammed'e, İbn Sinan'a kadar peygamberler vasıtasıyla tecellînin merhalelerini açıklarken bunu ortaya koymuştur. Her peygamber, ilahî tecellî merhalelerinden ve kapsamlı tevhîd derecelerinden birini temsil eder. Ancak o, şimdiden ve gelecekten değil, geçmişten söz eden metafizik kâinat tarihidir. Tarih geçmişte olmuş bitmiştir. Şimdi ve gelecek yalnızca geçmişin bir keşfidir. Bu tarih "gök devleti"nde meydana gelir, tıpkı Augustin'de olduğu gibi; yeryüzü devlettinde değil. Kumandanları peygamberlerdir, onları Allah yü-

---

13 Muhammed İkbâl, *Darbu'l-Kelîm*, Arapça'ya Terceme: Dr. Abdulvehhâb Azzâm, el-Ezheru'ş-Şerîf, Kahire.

rütür. Onda insan, çatışma, direnç yoktur; insan onu beğenir, ama ona katılamaz. Onun sadece "asla dönüş", çatışmaların geride bıraktıklarına ve kahramanların biyografilerine bakmak hakkı vardır.

Tasavvuf, birliği (vahdeti), başlangıçta düşünce ve eylemin birliğini, sonuçta vahdet-i şuhûd ve vahdet-i vücûdu hedeflemişse, ne yazık ki bu birlik fiilen değil hayal yoluyla gerçekleşir, gerçek dünyasında değil dilek dünyasında meydana gelir. Bu, tarihteki birliğin pratik, gerçek, hissî ve hareketli milletlerin bu temele göre uyandığı ve kaybolmasıyla çöküşe uğradığı birliğin aksinedir. O, içeriksiz boş bir birliktir. Gerçekleşir, ama derhal mutlak hüviyete ulaşır: "Sen sensin", "o, odur" veya "ben, benim." Dünya onun dışında hareket eder. Birey âdeta bütünüyle yükselen bir delik (geçit) gibidir, ama dünya buradan sıvışır. Bu sırada tasavvuf, önceliği dışa karşı içe, biçime karşı öze verir ki bu genel tarihi, ruhun bir tarihine dönüştürür. Tarih, dışa, gerçeğe, insana ve olaylara muhtaçtır, nefsin hallerine veya gönlün fısıltılarına değil. Tasavvuf, dünyanın değişmesini, kişilerin değişmesinden başlayarak devam ettirir. Oysa tarih, milletlerin sosyal, siyasî ve ekonomik sistemlerinin değişmesini ister. Milletsiz kahramanların, ümmetsiz peygamberlerin, kitlesiz, özellikle de genel kitlesi olmayan önderlerin ortaya çıkışının ne anlamı olabilir?

Sûfiyye'nin bazı bireysel kahramanlıkları, taşkınlığa karşı kitlelerin hareketine öncülük etmişse de, onların bazıları Haçlı Savaşları'nda düşmanları dost edinmişler ya da uzleti ve tufandan ruhu kurtarmayı yeğlemişlerdir. Sonra *Mehdiyye* ve *Senûsîyye*'den itibaren eskilerin yürüyüşü durakladı, sonrakiler tarikat kitlelerini sömüren sihirbaz ve madrabazlara dönüştü. Yöneticiler onları, kararları kutlamak, olumsuz değerleri ayırmak, iyilikleri ve nimetleri terennüm amacıyla, alaylarda sancakları yükseltmek, def çalmak ve arkadakileri coşturmak için kullanırlar. Böylelikle yöneticiler muhalefetten emin olurlar, direnç kaybolur ve tarihin yürüyüşü ertelenir. Sûfî tarikatler, kitlelerin sıkıntı ve baskıdan kurtuluş ve zevk yeri olmuş, zikir yapan, eğilen, sallanan, düşen, aynı zamanda gafletin kayboluşu ve vecd hummasındayken alttan yeri sarsan uzlete çekilmiş cemaatlere dönüştü. Sanlarla ve süslerle, alaylar ve piyonlarla yetindi. Saltanat ve iktidar görüntülerine kanaat getirdi. Şeyhin müritle ilişkisi, efendi-köle, yöneten-yönetilen, âmir-memur, tâbi-metbû (ast-üst) ilişkisine dönüştü. Bu ilişki, sosyal, siyasî ve ekonomik ilişkilerde hâkim model hâline geldik bağımsızlık kayboldu, uyduluk yaygınlaştı.

Eski kültürümüzde çağdaş vicdanımızda tarih bilincine temel olacak tarihe dair bir bahsin ortaya çıkma fırsatı kayboldu. Tarikat, gayelilik, heyecan (hamiyet), dinamizm, çatışma ve mücadele ile doluyken ortaya çıkması ne kolaydı. Tarih olmaksızın, tarihin kategorileri ve dayananakları var. Çünkü bunların hepsi, toplumda değil kişide, dışta değil içte, öne değil yukarıya doğru doğmuştur. Şartlar değişmiş olduğuna göre, eskilerde olduğu gibi fiilî dirençten ümit kesilmez. Sosyal yapı, kendini kişilerin nefsî oluşumuna zorunlu olarak yansıtır. Bizzat milletler, hareketlerinde, isteklerinde, sayı ağırlıklarında, olaylar sahnesine çıkışlarında, cadde ve yollardaki hareketlerinde kendi kaderlerini kendi ellerine almaya başlamıştır. Bütün bunlar, bir kitle hareketi, dünyada bir fiil, insanların yaratıcılıklarını bir kullanma olarak tarihi kurabilir. Buna bağlı olarak, gayret, direnç ve mücadele boşlukta değil bir içerikte ortaya çıkar ve pratik, ferdî değil toplu, ebedî değil tarihî tasavvuf doğar, sûfî tarikatler siyasî partilere, şeyhleri siyasî önderlere, üyeleri kütlelere dönüşür. Dünyada eylemde bulunur, ondan kaçmaz, olayların seyrini etkiler, onlara bir tepki olmaz, düşmanın sınırlardan girmesi yerine ümmeti korur, madrabazlık misali yerine şehitlik misalini verir, velinin mezarı, türbesi veya kabri şehitler anıtına, zâviyeler eğitim merkezlerine, hafızlık kursları öğretim ve kültür kurslarına, halvetler yuvalara dönüşür. Böylece müslümanlar, çıktıkları şekilde tarihe girerler, âlem Allah'a döneceğine, Allah âleme döner. Te'vîl, "tenzîl"e dönüşür, temenni değil bilfiil tevhîd, hayalde değil gerçekte ortaya çıkar.

6. Usûlu'l-Fıkıh Biliminde Tarihin Düzenlenişi:

Tarih, usûlu'l-fıkh (hukukun kökleri ve felsefesi) biliminde doğabilirdi. Usûlu'l-fıkh, uygulama ve davranış açısından vahyin biçimlenmesini sağlayan bilimdir. Bu biçimlenme, tarihin çeşitli dönemleriyle ve toplumların durumlarıyla ve zaman-mekân değişmesine rağmen farklılıklarıyla olur. Ama ne yazık ki tarih, teşrîin (fıkıh/hukuk kuralı çıkarımının), yasalaştırmanın, zabtın ve ahkâmın içine düştü, gücünü, hareketini ve yürüyüşünü kaybetti. Usûlcüler araştırmalarını, hukukun bir kaynağı olarak "bizden önceki şeriatler"i reddettikten, berâat-i asliyeyi (suçsuzluğu ve borçsuzluğu), yasaklama, emir, mendup ve mekruh kılındığına dair hüküm bulunmadıkça eşyada temel kaidenin mubahlık olduğunu ortaya koyduktan sonra, dört şer'î delilde, yani kitap, sünnet, icma ve kıyasta yoğunlaştırmıştır. Bu tutum, geçmiş şeriatlerle, şeriatin gelişinin bilgisiyle ve geçmiş milletlerin tarihi ve sistemleriyle ilgilenme durumuyla ilişkiyi koparmıştır. Bunlar, tarihin malzemesidir. Şeriatin tabiatta kurulması, tarihten ayrılmaz; tabiat biliminin kuruluşu, tarih biliminin kuruluşunun bir başlangıcıdır.[14]

Dört şer'î delil, Hz. Peygamber'in hayatında gerçekleşmiş bir ilk beşerî tecrübe sıfatıyla vahiyden başlayarak, sonra da tarihteki ikinci gerçekleşme olarak Hz. Peygamber'in sözleri, fiilleri ve takrirleri, daha sonra da vahyin tarihteki üçüncü gerçekleşmesi olarak icma, ümmetin icmâsı ve ümmetin asırdan asıra değişen peşpeşe nesillerin çıkarlarını bilme kudreti, *"Müslümanların güzel gördüğü, Allah katında da güzeldir."* (Ahmed bin Hanbel, *Müsned*, 1/379), son olarak, tarihin dördüncü gerçekleşmesi sıfatıyla müslümanların dünya işlerini daha iyi bildiği esasına dayalı içtihat, tarihin gelişimine dair bir teori olabilirdi. Dört delil ve onların vahiyden tarihe, Allah'tan Peygamber'in, Peygamber'den ümmetin ve ferdin şuuruna yeniden gelişi, kahramanların ve cemaatlerin rolüne dayalı, fertleri tarihteki kahramanlara, milletleri beşerî tarihin önderlerine dönüştürmeyi amaçlayan tarihe dair bir felsefe yaratabilirdi. Ama ne yazık ki, vahyin tarihteki gerçekleşmesinin bu dört dönemi, hukukun dört kaynağına, kitap, rivayetler, birleşmeler ve fetva rolüne dönüştü. Tarihin hareketi ve aklın onun yasalarını anlamadaki rolü kayboldu. Hatta dört delilin dizilişi, içtihat, yani gerçek ve insanların hayatıyla, sonra -Muhammed İkbal'in dediği gibi en yüksek şahsi-

---

14 Bu konuda şu çalışmamıza bkz. *Les Methodes d'Exegese* (Menâhicu't-Tefsîr fî İlmi usûli'l-Fıkh), Kahire, er-Matâbiu'l-Emîriyye 1965 (Fransızca).

yet olarak- ümmet ve cemaatle, daha sonra sünnetler ve kahramanların biyografileriyle, en sonunda da tarihin kuşatıcısına ulaşmakla başlayarak gözden geçirilebilirdi. Nastan gerçeğe geçmek yerine, gerçekten nassa gidilir. Tümevarım bilimi olarak tarih bilimi doğar. Dilin yorumuna ve tefsirlerin farklılığına boyun eğen yazılı naslardan çıkarılmaz. Onda şimdinin anlaşılması, geçmişi keşfetmenin mutlak önceliğini, taklide karşı yaratıcılığa, eskiye karşı yeniye veren bir başlangıç olur.

Usûlcüler, zamanın önemini vahiy, yükselme (ilerleme) yasası, kudret ve ehliyet çerçevesinde kavrayabilirlerdi. Bunu, şeriatın ilk delili, yani *Kur'ân*'dan söz ederken nesih konusunu çözümlerken yapabilirlerdi. Nesih, şartların değişmesi, birbirine bağlılığının güçlenmesi ve vahyin insan türünü terbiye edişinin gerçekleşmesi dolayısıyla, önceki bir hükmün sonraki bir hükümle kaldırılması anlamına gelir.[15] Şeriat, ebediyen ve asla değişmeyen bir şey değildir. Bilakis teşrî, toplumların gelişmesine ve gerçeğin değişmesine paralel yürür. Hatta usûlcüler, zamandaki ilerlemeyi daha hafiften daha ağıra ya da daha ağırdan daha hafife biçimindeki çift yönlü bir yasaya indirebilmişlerdir. Kudret, ehliyet, istitâat ve tarihte bir gerçekleştirme unsuru olarak fiil ortaya konulmuştur. Ancak bu kazanım, vahyi zamanın, teşrîi toplumların gelişmesinin dışında düşündükten sonra bizden uzaklaştı. Gerçek kendini düşünceye, maslahat kendini yasaya, gelişme kendini değişmezliğe kabul ettirir. İlerleme, zamanın özüdür. İşte bunlar, tarihin metafiziğidir. Ancak *Kur'ân*'ı ezberlemesine, İslâm şeriatinin uygulanması çağrısına ve "*Hakimiyet Allah'ındır*" sloganına rağmen, tarihi kavrama, çağdaş vicdanımızdan uzaklaşmıştır.

Teşrî esaslarının ikinci aslı olan sünnet, vahyin ancak belli bir toplumda ve gerçekleşme merhaleleriyle ilgili açıklaması ve tasavvuru bulunan belli bir önderlikteki ilk gerçekleşmesiyle bir devlet olacağı anlamına gelir; gerçekleşme merhaleleri, devletin ortaya çıktığı ve tarihte yeni bir hareketin başladığı asırdaki içtihat ile yönlendirme arasındadır. Ancak usûlcüler, tarihteki bu ilk gerçekleşmeyi bıraktılar ve hadis bili-

---

15 Lessing'ten çevirdiğimiz *Terbiyetu'l-Cinsi'l-Beşerî* (Dâru's-Sekâfeti'l-Cedîde, Kahire 1977) adlı kitaba ve önsözümüze bakılabilir.

minden rivayet yöntemlerini aldılar. Senedin iki yöntemi olarak tevatür ve şartları, âhâd ve şartları üzerinde ayrıntılı bir şekilde yoğunlaştılar. Yine metnin iki yöntemi olarak mânayla nakil ve mânayla vaz (biçimleme) üzerinde tasfilatla durdular. Siyasî tarih, rivayetin bir tarihine, yani zamana dair şifahî nassın bir tarihi ve onun nesiller boyunca nakli ve elden ele kıraatten kıraate nakledilen yazılı bir metine çevrilmesine dönüştü. Aynı şekilde usûlcüler, tarihî şuurdan ve tarafsızlık, kapsam ve duyu sağlığı gibi objektiflik şartlarından da söz etmişlerdir. Ancak bu, yaratıcı değil nakledici bir şuurdur. Tarihin hareket yasalarını belirlemez, rivayeti kulaktan hafızaya, sonra dile, duymadan ezbere, sonra da nakletmeye aktarır. Neticede sünnetin tanık yapılması artmış, zabt ve rivayetin doğruluğunu sağlama yöntemleri uydurma ve sahihi tahrif etmeyi engelleyememiştir. Daha sonra sünnet, kişileşmiş ve şahsıyla sünnet olan peygamberi izleyen *Ehl-i Sünnet* fırkasına ve sünnetin taraftarlarına dönüşmüştür.

Tarih, ümmetin sadece belli bir asırda değil, her asırdaki icması, ehl-i beyt veya sahabe gibi sadece belli bir cemaatın icması, yani özel icma' değil, her asrın icması ve neseplerine, peygambere yakınlık veya uzaklıklarına bakılmaksızın ümmetin bütün bilginlerinin, yani genel icma' anlamına gelen üçüncü asıl, icma' sayesinde doğabilirdi. Her asrın kendinden önceki asrın icmasına bağlanmayışı, tarihe yeni bir atılım verir, ondaki sürekli yenilenme unsurunu pekiştirir ve nesillerin değişme ve yeni gelişmelere ayak uydurma gücünü ortaya koyar. Tek bir oyla bile olsa icmasıda muhalefete değer verilmesi, ümmetin canlılığını, isbibdat, tahakküm ve tek görüşün egemenliğini engelleme, çoğunluk görüşü karşısında azınlık görüşüne değer vermek maksadıyla herkesin içtihadına saygı duyulduğunu ve farklı görüşün kabul edildiğini gösterir. Ama bütün bunlar, ümmetin bir tarihine, onun hareket ve gelişim yasalarını bilmeye ve ihtilaf ya da uygunluk yönünden nesiller arasındaki ilişkilere dönüşmemiştir. Her neslin tarihteki rolünü ve hangi devirde yaşadığını bilebilmesi için ümmetin çağları ve gelişim merhaleleri belir-

16 Muhammed İkbal, *Tecdîdu't-Tefkîri'd-Dînî fî'l-İslâm*, çev. Abbas Mahmud, Kahire 1968. s. 168-208.

lenebilirdi. Bilakis, devralınan icmasındaki hukuk tarihi, formel bir tarihe, müslümanların çıkarlarından çok işbaşındaki iktidarın yönlendirmelerini yansıtan bir yasa ve fetvalar yığınına dönüştü.

Hukuk asıllarından dördüncüsü olan kıyas, Muhammed İkbal'in de belirttiği gibi, gerçekten "İslâm'ın yapısındaki hareket prensibi"dir.[16] Onda şeriat, gerçeğin değişmelerine ve toplumun gelişmesine uygun olarak yenilenir. Müçtehit elindeki usûle dayanarak, tahlil edip yürüyüşüne hâkim olan faktörlerini bilmek suretiyle hüküm çıkarabilmek için yeni olaylara delil (kanıt) getirir. Gerçek, hareketin ekseni ve ilk motifidir. Müçtehit, hükmü birinciden ikinciye taşımak için asıl (kuralı belirtilen/eski kural) ile fer' (kuralı aranan/yeni sorun) arasındaki ilişkiyi ortaya koyabilen kişidir. Ancak ne yazık ki, eski ile yeni, geçmiş ile şimdi, önceki ile sonraki arasındaki ilişki, benzeşme ve mukayeseye dayanır. Buna bağlı olarak eski hüküm kendisini yeni hükme kabul ettirdi ve yeniden yenilik unsuru kayboldu. Olayların âhir zamana kadar sürekli donuk kalacağı doğrudur; ancak modeli, minvali, ölçüsü ve aslı önceden vardır ki bu, doğrudan bakmak ve tarihin hareketinin bir parçası olan yeni bir hüküm vermek üzere aklın yeni olaylarla doğrudan birliğini azaltır. Tarihî aklın tarihte ortaya çıkması, onu bir konuda kavraması ve içermesi mümkündü; ancak akıl teşrî ile ve şimdiyi geçmişe, gerçeği ideale vurmakla yetindi. Hatta bu içtihat durdu ve mukallidin imanının caiz olmamasına ve taklidin reddedilmesine rağmen taklide dönüştü. *"Biz atalarımızı bir din üzere bulduk, biz onların izinden gideriz."* (*Zuhruf*, 43/23). Usûl, tarihin gelişiminden habersiz kaldı, akıl gelişimin yörüngesinden uzaklaştı. Usûl, herhangi bir içerikten yoksun kaldı ve akıl gerçekten hiçbir şeyi değiştirmeyen genel prensip ve sloganlarla yetindi. Neslimizin en uzak emeli, "ahvâl-i şahsiye yasaunun ıslahı" ve "İslâm hukukunun yasalaştırılması" oldu!

7. Naklî Bilimlerde Tarih Rivayeti:

Eski kültürümüz, yukarıdaki dört dinî bilime ek olarak *Kur'an*, hadis, tefsir, siyer ve fıkıh gibi saf naklî bilimleri de ortaya çıkarmıştır. Bu bilimlerde tarih, her bilimde tarihe dair bahislerin doğmasının başlangıcı olabilecek unsurlar bulunmasına rağmen bir şuur tarihi veya bir milletler tarihi olarak değil, bir rivayet tarihi, bir nas tarihi, bir tedvin tarihi olarak ortaya çıktı.

Kur'ân bilimlerinde "nüzul sebepleri", vahyin olguyla, âyetin tarihle ilişkisini gösterir. Vahiy, zamansız ve mekânsıza dair Allah'tan bir veri değil, insanlığa bir tenzil, tarihe bir nüfuz, olaylara bir yönlendirme ve problemlerin çözüm demetidir. Vahiy; toplum, tarih, insanların günlük hayatları, zamanları, sevinçleri ve üzüntüleriyle bağlantı içindedir. Hatta olgu, çözüm bulmaya çağırır, vahiy de problemlere ortaya çıkışlarından önce değil, sonra bir çözüm olarak gelir. *Kur'ân* âyetlerinin, mekkî ve medenî şeklinde iki kısma ayrılması, vahyi de iki kısma ayırır: Tasavvur ve sistem, inanç ve şeriat, düşünce ve eylem, din ve devlet; yani o, sadece gerçek ve ona iman için değil, toplum ve tarih için vahiydir. *Kur'ân*'daki kıssalar, ehl-i kitabı örnek alarak ve millî şuurdaki tarihî boyutun bir açıklanışı amacıyla müslümanlarda "tarihî şuur"'u kurmak üzere zikredilir. Ancak, peygamberlerin kıssaları bizde, tarihî bilinç değil, *Kur'ân*'daki anlatım sanatına, yani "akıl sahipleri" ve "düşünenler" için ibrete değil, dinleyicileri oyalayan nesneye dönüştü.

Hadis bilimlerinde rivayet yöntemleri ve nakil yolları ortaya çıktı. Müslümanlar, Batı'nın, müslümanların etkisinde yeni çağlarda kurduğu "tarihî tenkit bilimi"ni kurdular. Rivayetin tutarlılık ve ister ağızdan ağıza şifahen, isterse elden ele yazıyla olsun zaman içinde nesiller boyunca nakledilis yöntemlerini ortaya koydular. Tarihî şuur ve mütevatir naklin şartı ortaya çıktı; mesela, zaman içinde rivayetin aynı şekilde yayılması, his yoluyla haber, tasdikin gerçekleştiği, şüphenin kalktığı yeterli sayıda ravi, yalan üzerinde birleşmeyi önlemek üzere ravilerin birbirlerinden bağımsızlığı gibi. Raviler silsilesinden, yani senedden başlayarak naklin çeşitlerini ortaya koydular; meselâ maktû, mürsel ve meşhur gibi. Adalet, zabt (metni belleme) ve müslüman olmak gibi ravinin şartlarından söz ettiler. Ravinin sema, hıfz ve edadaki sağlamlığı üzerinde ayrıntılı bir şekilde durdular. Bütün bunlar, görevi, ilerlemenin bir yasasını kavramak üzere milletlerin hareketlerinin ve tarihin yürüyüşünün tarihî şuuru değil de, sahih nakil olan tarihî şuurun kurucu unsurlarıdır. Naklin güvenliği, tarihin hareketindeki fiilî ortaklığa üstün gelmiştir. Tarihin özü, insanların fiili ve milletlerin hareketiyle içeriden fışkıran bir tarihî veri değil, korunması gereken dışarıdan veri idi. Tarihi nakleden ile yaratan arasında fark vardır.

Tefsir bilimi, *Kur'ân* bilimlerinin bir uzantısıdır. Özellikle rivayet tefsirinde nakil ve rivayete dayanıldı. Tefsirin dirayet bölümü akla dayandı. Ancak, şimdiye kadar, müslümanların gerçeğine ve toplumlarının *Kur'ân* nasslarındaki durumunu okumaya dayalı bir tefsir, "Gerçekle (olgucu) Tefsir" (et-Tefsîr bi'l-Vâki') doğmamıştır. Bunun için, Reşid Rıza'nın *Tefsîru'l-Menâr*'ı, Ebu'l-A'lâ el-Mevdudî'nin *Tercumânu'l-Kur'ân*'ı ve Seyyid Kutub'un *Fî Zılâli'l-Kur'ân*'ı hariç, tefsir biliminde müslümanların gerçeği ve tarihleri ihmal edimiştir. Tarih bahsinin doğuşunda rivayet tefsiri birinci, isrâiliyât ikinci unsur olabilirdi. Ancak tefsir, nas çevresindeki, özellikle peygamberlerin kıssaları, dil, Arapların İslâm'dan önceki âdetleri ve ahkâmla ilgili mümkün olan en yüksek sayıdaki tarihî bilgiyi toplamakla yetindi. Buna bağlı olarak, dile dayalı, fıkhî, kelamî, felsefî ve sûfî tefsirler arasında farklılıklar ortaya çıktı, diğer dinî-aklî bilimler onları kendine çekti ve usûlü, kaideleri ve yöntemleri bulunan sağlam bir bilim olarak bağımsızlığını kaybetti. Tefsirlerin çoğu, genellikle *Kur'ân*'ın tertibine göre sûre sûre ve âyet âyet, Fatiha'dan Nâs sûresine kadar uzun idi. Şimdiye kadar benzer konuları toplayan ve onları genel ve kuşatıcı bir yapıda bağlayan insanın kâinatın merkezi, tarihin de yürüyüş çizgisi olduğu "konulu tefsir" (et-Tefsîru'l-Mevdûî) doğmamıştır. *Kur'an*'daki organik iç birlik kaybolmuştur, başta "insan ve tarih" olmak üzere ihtiyaçlarımızı onda okuyamadık.[17]

Siyer bilimi, hadis biliminin bir uzantısıdır. Ancak siyer, sadece Hz.Peygamber'in sözleriyle yetinmez, onun fiillerini, ikrarlarını, şahsını, doğumunu, hayatını, ölümünü, peygamberliğinin başlangıcını, peygamberliğini, hicretini, mucizelerini, peygamberlere üstünlüğünü, vücudunun ve ruhunun özelliklerini, edebini, simasını, zühdünü, temizliğini, namazını, orucunu, haccını, umresini, korkusunu, yakarışını, hüznünü, düşüncesini, ağlamasını, takvasını, tamahkâr olmayışını, istiğfarını, töv-

---

17 Şu makalemize bkz. "Menâhicu't-Tefsîr ve Mesâlihu'l-Umme".

18 Bunlar bazı siyer kitaplarının konularıdır. Meselâ bkz. Ebu'l-Ferec Abdurrahman bin el-Cevzî (575 h.), *eş-Şifâ bi-Ta'rîfi Hukuki'l-Mustafa: el-Vefâ bi-Ahvâli'l-Mustafa*, Kadı Iyad (544 h.), "".

besini, duasını, ev gereçlerini, giysilerini, binek hayvanlarını, azatlılarını, hizmetçilerini, süslenişini, yemesini, yiyeceklerini, içmesini, içeceklerini, uykusunu, tıbbını, evlenmesini, yolculuğunu, savaş gereçlerini, savaşlarını, seriyyelerini (akınlarını), hükümdarlarla yazışmalarını, ona gelen heyetleri, veda haccından dönüşünü, hastalığını, ölümünü, ba'sini ve haşrini de ele almıştır.[18] Vahiy sözden şahsa, mesajın tarihte gerçekleşmesinden şahsı ululamaya dönüştü. Bu, bizim millî şuurumuzda düşüncelerin kişileşmesi ve kişiye tapma şeklinde yer etti. Mesajın kişileşmesi olmasaydı, yalvarışlar, övgüler, şefaatler, bereketler ve peygamber ailesi ve ashabından şefaatler yerine, mesaj devam edebilir ve tarihte gerçekleşebilirdi.

Fıkıh, kelimeden şahsa intikal yoluyla önce siyer biliminde vücut bulduktan sonra, hadis biliminin ikinci yapılanışı olmuştur. Fıkıh konularının bölümlere ayrılması, hadis biliminden daha ileridir. Çünkü fıkıh, bütünüyle kişinin ölümüne ve yeniden dirilişine kadar şahsî fiilleriyle değil, büluğ ve akıl hâlinde görülen dış fiillerle ilgilidir. Tarih bilimi, şayet muamelatta değil ibadetlerde, ticaret, sanat ve ziraatta değil namaz, oruç, temizlik ve hacta yoğunlaşmasaydı, fıkıh konuları arasından doğabilirdi. Daha sonra fakîhler, siyaset-i şer'iyye, hisbe ve ahkâm-ı sultâniyye konularını ele aldılar; ama bu tarihsiz bir siyaset ve ekonomi idi, sistemler gerçeğin bağlı olduğu ideal modeller gibiydi. Bunun için, hayatımızda ibadet fıkhının yaptığı etkiyi bırakmadı. Fıkıh, insanın toplumda insanla ilişkisinden ve insanın tarihteki rolünden çok insanın Allah'la ilişkisi üzerinde yoğunlaştı. İnsan tarihî bir olgudur, gerçeği tarihî bir gerçektir, toplumu tarihî bir toplumdur. Böylelikle fıkıh da, tarih fıkhı oldu.

Öyleyse, naklî bilimler, tarihî bilimin bir temeli olabilirdi. Ancak onlar, tarihî bilimlerin yöntemlerini ve konularını bizzat tarihî şuurun kurulmasına taşıyamadı. Bu bilimler ve düzenlenmesi girişimi, eski bilginlerin miras hükümlerindeki yaratıcılığını ve nakli sağlam bilimlere dönüştürmeyi yansıtmakla birlikte, ibadetler toplumun fıkhı olmaya geçemedi. Batı'da tarihî bilimler bu maksatla doğmuştur. Bu, şuurumuzda, çağdaş vicdanımızda tarihî şuurun keşfi ve genel tarihî şuurun bir parçası olarak ona sokulması değil de, geçmişin şimdiye taşınması ve şimdinin onu kapsaması biçiminde yer etmiştir.

Riyazî (matematik) ve tabiî bilimler gibi saf aklî bilimlerde tarihin konularını aramak zorsa da, riyazî bilimlerin gelişimi de toplumların gelişimini ve dünyaya bakışlarını açıklar. Onların tarihi de, dünyanın tasavvur tarihidir. Yine riyazet, tıpkı Condercet ve Courneau'daki gibi -birincisi bütçe hesabını, ikincisi ihtimaller hesabını ortaya koymuştur-sosyal ve tarihî bilimlerin de yöntemidir. Tabiî bilimler, tabiî tarih, jeoloji, insan bilimleri ve evrenin yaratılışı bilimi gibi alanlarda tarih konularını da içerir. Ancak, bütün bu bilimler, yaratma tasavvurunun kıdeme, yoktan yaratmanın mevcut bir şeyden gelişine, usûlu'd-dîn biliminde görüldüğü gibi ilâhî fiilin tabiatın fiiline hâkimiyetinden dolayı, bağımsız bilimler olarak doğmamıştır. Pithagoras'taki aritmetik bilimi, tarih bilimlerini de içeren kapsamlı bilimdi. Eski Mısırlılardaki riyaziyât, hayatın çeşitli ve medeniyetin üzerinde doğduğu görüntülerini içeriyordu. Hatta Leipniz'de evrensel riyaziyât (matematik), bütün bilimlerin temeli olmuştur.

8. İnsanî Bilimlerdeki Tarihin Tabakaları :

Eski kültürümüzde tarih bilimi ya da tarih sanatı, Taberî'nin, İbn Kesîr'in, İbnu'l-Esîr'in, Mes'udî'nin, Vâkıdî'nin, hatta Makrîzî'nin, İbn İyâs'ın, İbn Tagriberdî'nin ve Ali Mubarek'in ünlü büyük tarih ansiklopedilerinde doğmuştur. Eskilerin haberlerini ve İslâm dünyasının tarihini öğrenmek hususunda onlara dayanmaktayız. Hem yöntemler ve üslûplar, hem de gayeler ve hedefler farklı olmuştur. Bu girişimleri şöylece sınıflandırabiliriz:

a) Yıllıklar (Havliyyât):

Bunlar olayların yıl yıl tarihi ve sunuluşudur. Onlarda çoğunlukla yöneticilerin, emirlerin, komutanların ve bilginlerin, yani toplumun ileri gelenlerinin ve seçkinlerinin haberleri hâkimdir. Sosyal tarih, ancak ârızî bir biçimde görünür. Aynı şekilde, bu hadiseleri aynı bağlamda düzenleyen genel bir yasa koyan tarihe dair bir felsefe de yoktur. Sanki tarih, hepsinin toplanması ve gözetilmesiyle bir tarih olan münferit olaylar yığınından oluşur gibidir. Çoğu kez, bu haberler, sıhhat ve dikkatin eksilttiği rivayetlerden çıkarılmıştır ya da doğruluğunu araştırmaksızın tarihî metinlerden veya eski tarihçilerden bir nakildir ki, İbn Haldun buna "tarihçilerin yanlışlıkları" demektedir. Tarih bahsi, bireysel olaylardan çıkarılan dersler ve Allah'ın evrendeki yasalarından alınmış ibretler dışında, bir tarih bilincine dönüşmüştür. Tarihin hareketleri; yılları ve kuşakların rollerini aşar, onların yıl yıl izlenmesi mümkün değildir. Tarih olayları; asırlar boyunca uzanır, içeriği en azından bir nesil geçtikten sonra keşfedilebilir.

b) Tabakat Tarihi (Tarîhu't-Tabakat):

Bu kitaplar, mezhep veya yönelime göre yazılmıştır; meselâ, *Tabakatu'ş-Şâfiiyye*, *Tabakatu'l-Hanâbile*, *Tabakatu's-Sûfiyye* ve *Tabakatu'l-Mu'tezile* gibi. Bunlarda ilk kurucularından itibaren mezhebin ileri gelenleri anlatılır. Aralarında derecelenirler, bilimdeki derecelenme, mezhebin gelişiminin veya yenilenmesinin bir açıklaması değil, zamanda öncelikle karışıktır. Mezhep âdeta bilginler ve asırlar bir yana bırakılarak tek model ve çizgide yürür. Bu tarihte, nesillerin çatışması ve her nesilde ortaya çıkan asrın ruhu kaybolur. Tarih de, arkalarında ebedî olacakları ve tarihte anılacak bir iş bırakmayan halkın tarihi değildir, kişileşmiştir ve büyüklerin omuzlarına yüklenmiştir. Sosyal grupların bir tarihi yoktur. Eskilere göre tabakalar, bilginler silsilesi ve onların bilimdeki üstünlükleridir. Tabakat tarihi, millî şuurumuzda yer etmiş ve bilginler belirginleşmiştir, hatta asırların tarihini, kişilerin tarihiyle anlatıyoruz.

c) Bilgeler Tarihi (Tarîhu'l-Hukema):

Bu tarih, alfabetik sırayla kültürün yaratılmasına katılan bilginleri, edebiyatçıları, filozofları, tabipleri, müfessirleri, muhaddisleri, kurrâyı, tarihçileri, sûfîleri ve mütekellimleri içerir. Meselâ İbn Ebî Useybia'nın *Tarîhu'l-Etıbbâ*'sı, Kıftî'nin *Ahbâru'l-Ulema bi-Ahbâri'l-Hukemâ*'sı, İbn Hallikân'ın *Vefeyâtu'l-A'yân*'ı gibi. Yazarların tarihte etki yapan düşünceleri ve kendilerinden sonraki durumları hakkında değil, hayatları ve eserleri hakkında bilgi verir. Tarih ve zamanlarda hata ve isabet edebilir, birbirinden seçme yapar. Ancak mesele, bilgelerin asırlarını yansıtması ve tarihinin dönemleri ve çeşitli safhaları içinde bulunmasıdır. Onlar şahıslarıyla değil, taşıdıkları bilim ve temsil ettikleri tarihle bilgindirler. Diğer medeniyetlerin bilginleri de, medeniyetlerin gelişimi ve olgunlaşması, tarih boyunca doğan bir fikir veya kavram zikredilmeksizin ele alınır. Sanki kişiler ve medeniyetler ayrı ve kapalı dünyalardır, her biri zaman ve mekânda birbirlerinden ilgisizce ortaya çıkmışlardır.

d) Eserler/LiteratürTarihi (Tarîhu'l-Musannefât):

Bilimlere göre tasnif edilmeksizin bizzat yazılan eserlerden alfabetik sırayla bahseder. İbnu'n-Nedîm'in *Fihrist*'i Hacı Halife (Kâtip Çelebi)'nin *Keşfu'z-Zunûn*'u böyledir. Tertip, tasnif, bölümleme, tahlil veya yazarın ve temel düşüncesinin önemi ve aynı bilim dalındaki daha sonraki başka yazarlara etkisinden söz edilmez. Düşünce tarihinden, insanî kültür tarihinden ya da insanlık tarihindeki "büyük işler"den ziyade, "bibliyografya"ya yakın olmuştur. Bu eserlerin pekçoğu kaybolmuştur, bir kısmı hâlâ elyazma hâlindedir, bilinenler de sonrakilere etkili olmamıştır. Onlar canlı bir kültürden çok, üretimin büyüklüğü, bolluğu, eskilerin verimliliği ve bilimdeki samimiyetleriyle öğünme duygusu veren eski sararmış kitaplar durumundadırlar.

e) Bilimler Tarihi (Tarîhu'l-Ulûm):

Bu eserlerde, bilimler sınıflanır, bilimin en önemli konuları, yazılanlar ve bilginler zikredilir. Meselâ, Taşköprüzâde'nin *Miftâhu's-Saâdet*'i, Sekkâkî'nin ve Havârizmî'nin *Mefâtîhu'l-Ulûm*'ları böyledir. İslâm medeniyetinin yapısının ve vahiydeki merkezinden doğup kültürdeki dairelere geçiş şeklinin belirdiği bilimlerin tasnifinin genel bir çerçevesi verilmez, bilimler arasında seçme ve tenkit yapılmaz. Hepsi medeniyeti ruh, tarih, yaratıcılık ve özellik açısından yansıtan ve yönetimde-

---

19 Şu kitabımıza bkz. *et-Turâs ve't-Tecdîd*, el-Merkezu'l-Arabî li'l-Bahs ve'n-Neşr, Kahire 1980, s. 199-203.

ki ikiliği kaldıran kuşatıcı bir bilim kurmak üzere doğmamıştır: zevk ya da düşünce yöntemi, naklî ya da aklî bilimler, konu ya da alan ikilemi, din ya da dünya bilimleri, gaye ya da araç bilimleri. Bilimin yöntem, konu ve alan açısından birliği, ümmetin, düşüncenin ve yönelişin birliğinin zorunlu temelidir.[19]

f) Bilimsel Terimler Tarihi (Tarîhu'l-Mustalahâti'l-İlmiyye):

Eski kültürde bütün bilimlerde kullanılan lafız ve terimleri ele alır. Meselâ, Curcânî'nin *Ta'rîfât*'ı Tehânevî'nin *Keşşâfu Istılâhâti'l-Funûn*'u, Kadı Abdurrasul'un *Ebcedu'l-Ulûm*'u böyledir. Ancak terimin tarihini, doğuşunu ve doğuşuna yardımcı olan tarihî şartları belirtmez, onları geliştirmez ve onlara yeni anlamlar kazandırmaz. Terimlerin doğuşu, bilimlerin doğuşudur. Bilimlerin doğuşu, medeniyetlerin doğuşudur. Medeniyetlerin doğuşu da, insanlık tarihinin temelidir. Anlamlar boşlukta doğmaz, bilakis sosyal durumu yansıtır ve sosyal bir gayenin gerçekleştirilmesini amaçlar.

g) Medeniyetler ve Milletler Tarihi (Tarîhu'l-Hadârât ve'l-Umem):

Bunlarda her milletin seçkinleri, yazar adları, karakteri, yaratıcılığı, eserleri ve insanlık tarihine katkıları ele alınır. Sâid el-Endelusî'nin *Tecâribu'l-Umem*'i bu tür eserlerdendir. Belli bir milleti diğeri aleyhine kayırmaz ve belli bir medeniyeti merkeze, diğerlerini çevreye yerleştirmez. Bu, aynı zamanda vahdaniyetten ve milletlerin bu konudaki inançlarından söz ederken usûlu'd-dîn biliminin konularından biri olmuştur. Medeniyetler tarihi, âdeta dinler tarihinin bir parçasıdır. Din, medeniyetin temeli ve ilk kökenidir. Tarih, yaratılışla birlikte doğmasına rağmen tarihin çağları kayıptır, tarih dönemleri keşfedilmemiştir. Bütün medeniyetler, aynı derecede yaratıcıdırlar, önceki ile sonraki arasında fark yoktur. Yani onlar, insanlık tarihi sözkonusu olmayan medeniyetlerdir; hepsi aynı derecede beğenilir, insanlığın gelişimi ve birinin diğerine önceliği görülmez. Beşerî ruh tektir, dünyada kendini zaman ve mekândan uzak olarak açığa vurur.

9. Ümran Biliminde Tarihin Yitikliği:

Tarih bağımsız bir bilim olarak -ki o ümran bilimidir- ve tarihi kavramanın ve gelişim yasasını açıklamanın temeli olarak ilk kez İbn Haldun'un meşhur *Mukaddime*'sinde ortaya çıkmıştır. İbn Haldun'un ilk yedi asrın tarihçisi olarak sekizinci asırda (732-806) ortaya çıkması tabiî idi. Bu ilk yedi asırlık dönemde, İslâm medeniyeti doğmuş, gelişmiş, olgunlaşmış ve dördüncü asırda doruğa ulaşmış, beşinci asırdan ve *Mu'tezile*'nin baskıya uğramasından, Gazzâlî'nin aklî bilimlere saldırıp tasavvuf çağrısı yapmasından itibaren çökmeye başlamıştır. İbn Rüşd'ün İslâm medeniyetini yenilemek üzere altıncı asırdaki parlayışı başarılı olamamıştır. Tarih, âdeta medeniyetin kendi ölümünü bildirmesidir ya da medeniyet kendinden, vasiyetten ve veda haccından söz eder.

İbn Haldun, önceki tarihçilerin hatalarına dikkat çeker ve yeni bilimi, rivayetlerin doğruluğunu araştırmayan önceki tarihçilerin rivayetlerine güvenmeksizin düşünce, gözlem, tümevarım, tasvir, maddî ve doğrudan sebepleri araştırma üzerine kurar. Bilakis İbn Haldun, doğruluğunu araştırmak üzere bu rivayetleri tarihin yasalarına vurur. Tarihin yasaları değişmezdir ve doğrudur, şüphe duyulan zannî rivayetlerin de ölçüsüdür. Tarih yazımında tarafgirliği, daha önce hadisçilerin yaptığı gibi ehl-i heva ve mezhep tarihlerini de reddeder. Tarihte tarafgirliğin sebepleri üzerinde ayrıntılı biçimde durur; görüş ve mezhep gruplaşması, cerh ve ta'dîl bulunmadan nakledenlere güvenme, pekçok nakilcinin maksatlardan habersizliği, doğruluk vehmi, överek mezhep ve mertebe sahiplerine yakınlaşma, ümrandaki durumların niteliğini bilmeyiş gibi. İbn Haldun, tarihçilerin birbirlerini taklit etmelerini ve birbirinden nakil yapmalarını kabul etmez. Hurafe ve efsanelere kapılmaksızın maddî sebeplere dayanarak araştırma ve doğrudan gözleme dayanır. Böylelikle tarih, hem ekonomi, siyaset ve toplum, hem de sanat, edebiyat ve bilimler tarihi olur. İbn Haldun, ister yaratılışın başlangıcından, isterse halihazır çağdan itibaren olsun, yöntemlerin mutlaklık veya kayıtlama arasında gidiş gelişini reddeder, zamanın ancak ümranı açıklamaya yara-

---

20 İbn Haldun, *Mukaddime*, Kahire, el-Mektebetu't-Ticariyye, s. 28.

yacak kısmını alır. Tıpkı *İsrailoğulları* tarihinde olduğu gibi aşırılığı reddeder; din adamlarını haber uydurmaya ve metinleri tahrife sevkeden aşırılığı kabul etmez. İbn Haldun, kendi gayesini, tarihin bir yasasını keşfetmek olarak belirlemiştir: "Asırların değişmesi ve günlerin geçmesiyle milletlerdeki ve nesillerdeki durumların değiştiğinden habersiz olmak, tarihte gizli bir hatadır."[20] Bilakis, İbn Haldun, bu yasaları kavramıştır. Toplumdaki hâkim geleneğe aykırı olsa bile, herhangi birini açıklamaktan çekinmez. Meselâ, ticarî bir toplumu, ticaretin birinci rızık kaynağı olan toplum içinde yaşadığı hâlde, ticareti, ziraat ve zenaatin altında kabul etmiştir. Şöyle diyor: "Sultanın ticaret yapması, halka zarar verir, vergi tahsilini bozar.", "Tüccar, eşrâfın ve hükümdarların sıkıntısından uzaktır.", "Ticaret ehli, reislerden uzaktır, yiğitlikten uzaktır."[21]

Ancak, öyle görünüyor ki İbn Haldun, üstünden yedi asır geçtikten ve İslâm medeniyeti başka bir döneme, donukluk ve birkaç nesildir uyanış girişimleri dönemine girdikten sonra gözden geçirilmelidir.Göründüğü kadarıyla, tarihi keşfederlerken müsteşriklerin İbn Haldun'u takdir ve keşfetmesinden sonra ona hayranlığımız, vicdanî sevginin hâkim olduğu tek bir süreç olarak devam edegelmiştir. Çünkü onda, tarih biliminin yeniden doğması için bir ihtiyaç olarak bu duyguyu geliştirmeye girişmeksizin, tarihi hissedişimizi buluyoruz. Sonra, neslimizdeki ikinci doğuşla birlikte İbn Haldun'daki birinci doğuş gözden geçirilmeye başlar; her bilim başka bir bilimi geliştirir, bizim bilimimiz daha kapsamlı ve geniş olur. Çünkü o, yedi değil, ondört asrı içerir ve İslâm medeniyetinin bir değil, iki merhalesini anlatır.

Meselâ şöyle denebilir: Coğrafî çevrenin davranış ve ümranda önemli bir etken olduğu doğrudur. Ancak, yegâne etken değildir, aynı zamanda zorunlu etken de değildir. Çünkü coğrafî, beşerî, medenî, ekonomik, siyasî, sosyal ve tarihî etkenler aynı değer ve önemde içiçedirler. Bütün bu etkenlerin toplamı, insanî hürriyetle iç içe olduğundan dolayı milletlerin karakterlerini zorunlu olarak açıklamaz. Yeryüzü mıntıkalarının ümran bakımından birbirinden farklı, kuzey yarıkürenin gü-

---

21 İbn Haldun,*age.*, s.281-283.

ney yarıküreden ümran açısından daha üstün olduğu doğrudur. Ancak tarihin bir döneminde güney yarıküre (Afrika), kuzey yarıküreden daha medenî idi.

Milletlerin mizaç ve karakterlerinin ebedî, değişmez ve cibillî (varoluşsal) olarak belirlenmesi ilme, gerçeğe ve tarihe aykırıdır, neredeyse tutkuların karıştığı eski şuûbiyye (kavimcilik) durumuna düşer. Milletlerin özellikleri çoğunlukla sosyal, siyasî ve ekonomik şartlardan, yani milletin tarihî konumundan kazanılır. Böylelikle, İbn Haldun'un Araplarla ilgili yargıları gözden geçirilebilir. Mesela, yabanîlik ve baskıcı karakteriyle ilgili yargısı gibi. Halbuki onlar arasında şairler ve edipler vardır, onlar incelik ve zevk ehlidir, *Kur'an-i Kerîm*'deki güzelliği hissettiklerinden itibaren vahye iman etmişlerdir. Arapların sadece basit şeyler yapabileceğiyle ilgili yargısı; halbuki onlar en büyük İslâm kentlerinde, kentler ve ümran eserleri kurmuşlardır. İbn Haldun, "Araplar iktidarı peygamberlik, velayet veya genelde dinden alınmış bir etki gibi dinî bir nitelikle elde edebilirler." şeklinde hüküm verir. Peygamberlik sadece Araplara özgü değildir, bilakis geneldir ve her halkta ve millette yaygındır ve bu konuda İsrailoğulları onlara benzer. Hatta herhangi bir toplum, ancak inanç, mezhep ve düşünceyle gelişir ve hareket eder. Aynı şekilde "Araplar, iktidar siyasetinden en uzak millettir." demektedir. Halbuki onlar iki eski imparatorluğu, Sasanî ve Bizans imparatorluklarını miras alan imparatorluk kurucularıdır. "Araplar, insanların sanattan en uzağıdır." derler. Halbuki onlar sanat (zenaat) ve bilim ehlidir. Bu nitelikleri, Batı'da modern rönesansın başlarından öncesine kadar yedi asır boyunca ayakta kalmıştır.

Ancak gerçekten ince bir gözden geçirmeye ihtiyaç duyan üç şey vardır:

a) Bedevîlik-hadarîlik, birinci hâlden ikinci hâle geçiş,

b) Asabiyet,

c) Milletlerin çöküşü.

Toplumların bedevî ve hadarî diye ikiye ayrılması ve birinciden ikinciye zorunlu olarak geçiş ümranladır. Bu geçişten sonra değerlerin, gelenek ve göreneklerin değiştirilmesi ve başarısızlığıyladır. Buna bağlı olarak milletler, tarihî gerçek olmaktan çok teknik biçimde çökerler. Toplumlar, bedevî ve hadarî diye ayırıma tutulmaktan daha karmaşıktır. Ova, vadi, sahil ve dağ sakinleri vardır. Hadarîlik çeşitlilik arzeder. Büyük köyler ve kentler ondandır. Geçiş bazen zorunlu olarak gerçekleşmeyebilir, bedevîlik ve hadarîlik aynen devam eder. Bedevî kökleri olmaksızın hadarîlikte gelişen bazıları vardır. Geçiş zorunlu olarak ilerleme değildir. Bedevîlik hayatı, ümran hayatından daha fazla ilerilik olabilir. Aynı şekilde, bedevîlikten hadarîliğe geçiş, zorunlu olarak çöküş anlamına gelmez. Hadar ehlinin sahip oldukları bilim ve nizam sayesinde ileri, sabit ve çökmeyen bir toplum olması mümkündür. Bedevîlik hayatı zorunlu olarak ümran görüntülerinden yoksunluk anlamına gelmez. *Sebe* melikesi olmuş, Yemen'de Me'rib Seddi yapılmıştır. *Ad*, *Semûd*, *Babil* ve *Asur* uygarlıkları, Mezopotamya, Mısır ve Çin medeniyetleri olmuştur. Bedevî medeniyeti, ümranın ve büyük yapıların zorunlu olarak kayboluşu anlamına gelmez. Millî şiir vardır. Bu, Arap ve İbranîlerde olduğu gibi, Sami milletlerin tarihî, medenî, ırkî ve millî sicilidir. Bedevîlik değerleri olan şecaat, cömertlik ve kahramanlık değerlerinin, hadarîlikte zorunlu olarak bütünüyle çökmesi ve korkaklık, cimrilik ve durağanlığa dönüşmesi anlamına da gelmez. Savaşçı ve mücadeleci bir toplum düşünülebilir. Kentlerin savaşı, kent gruplarının mücadelesi ve evden eve, caddeden caddeye çatışma imkânsız mıdır? Ümran, Kisra İran'ında ve Bizans tapınaklarında bedevîleşir, ancak ruh cahil olarak devam eder. Okunu Acem halısına batırarak, başı dik olarak, eğilmeden, secde etmeden Kisra İran'ına giren bedevî, Kisra'nın medeniyet ve kulluk değerlerinden daha ileri değerleri temsil eder.

Her ne kadar İbn Haldun'da asabiyet, ırk ve soy değil, kabîlenin sosyal ruhu ya da çağdaş ifadeyle sosyal bağlılık anlamına gelirse de, bu, aşîrete dayalı kabîle sisteminin, yani ister batın ve fahzlarda (alt kabîle kollarında) içeriden, isterse koalisyon ve ittifak yoluyla dışarıdan olsun kabîle asabiyetinin bir sonucudur. Bir düşünceye, inanca, tarihî bir yere veya asrın ruhundaki ortaklığa dayalı sosyal bir bağlılık değildir. Bununla birlikte, İbn Haldun'da asabiyet, nesep bağlılığıdır, yani kan yakınlığıdır. Öyleyse, yakınların düşmanlığı ve düşman kardeşlerin savaşı önünde ne yapılacaktır? İslâm'ın aynı kabîleyi, hatta aynı ailenin üyelerini, düşünce ve inanca dayanarak ayırmasına ne denir? Reislik niçin nesep dışında olmaz? Şeref niçin asaletle ve hakikat da asabiyet ehli için olur? Öyle görünüyor ki, İbn Haldun, burada Arap kabîleleriyle ilgili gözlemlerini genelleştirmiş ve parçadan bütüne gitmiştir. Hatta İbn Haldun'a göre iktidar, asabiyetin çöküşüyle çöker, asabiyetin kayboluşu zorunlu olarak çöküşe yol açar. Buna bağlı olarak iktidar, ancak asabiyetle geri döner, nihayet devlet istikrar bulur ve asabiyete ihtiyaç duymaz, sonra çöker, yeniden asabiyete döner, yeniden uyanır.

İbn Haldun'a göre asabiyet, tarihin hareketidir, düşünceler ve kitlelerin değil, toplumların hareket ettiricisidir. İbn Haldun Mevalînin şerefi, nesepleriyle değil, mallarıyla olur. Bu, İslâm medeniyetinin üstünde doğduğu değerlere, Rasulullah'ın şu hadisiyle zıttır: *"Bana işlerinizi getirin, nesepleriniz getirmeyin."* (Benzeri için bkz. Müslim, *Birr*, 33). Aynı nesep, niçin dört nesilden sonra aynı evlatta sona erer? Herkes Âdem'dendir, Âdem ise topraktandır. Kan, kemik ve et kalıcı değildir, sadece değerin bir ölçüsü olarak herkesin eşit olduğu iyi amel (davranış) kalır.

İbn Haldun, asabiyetle birlikte ve aynı derecede, dini, peygamberliği veya veliliği de tarihin başka bir muharriki olarak ortaya koyar. Âdeta asabiyet, maddî etken, peygamberlik ise manevî etkendir. Büyük devletlerin aslı, ya peygamberlik, ya da hak bir davet yoluyla dindir. Dinî davet, devletin kuruluşunda onun asabiyet gücüne güç katar, hatta dinî davet asabiyetsiz ortaya çıkmaz. İslâm'ın milletleri ve ırkları, asabiyetsiz olarak birleştirmesine ve dinin aynı asabiyete sahip aynı halkı ayırmasına ne demelidir? Savaş, niçin düşünce, fetih ve özgürlükle değil de, vahşîlikle bağlantılıdır? Böyle bir durumda tarihteki İslâm fetihleri hakkında ne söylenecektir?

İbn Haldun'a göre, hadarîlikte ağırlık, hükümdarların, emirlerin, imamların ve bilginlerindir. İnsanlar, hükümdarlarının inancını benimser. Bu, her ne kadar çoğunluk bile olsalar bazılarında doğruysa da, muhalefet hareketleri ve direnme grupları için doğru değildir. Mağlup

---

22 İbn Haldun, *age.*, s. 147.

milletler niçin galiplerle karışır? Bu, belli bir çağdaki bazı kişiler hakkında doğruysa da, her asırdaki milletlerin fertleri hakkında doğru değildir. Yönetici seçkinler için doğruysa da, işgalci kültürün direnişini ve savaşçıların kültürüne muhalefeti, ülkelerin geleneklerini, milletin geleneklerini ve yabancı kültür savaşına karşı onun mahallî kültürlerini savunma işini yürüten azınlık için doğru değildir ki, bu, İbn Haldun'un "Mağlup daima şiarında (simgelerinde), kıyafetinde, yolunda, diğer hallerinde ve âdetlerinde galibe uymaya tutkundur." görüşüne aykırıdır.[23] Galip gelince, bir millet neden çabucak yok olur? İşgalciye direnen ve tarihte görüldüğü gibi zafer kazanan milletler hakkında ne denilecektir? Hezimete uğrayan, ama -meselâ *Kızılderililer* gibi- kalan, hatta -Ortaasya'daki Müslümanlar gibi- yeni uyanışları görülen milletler hakkında ne söylenecektir?[24] Cesur ve savaş ehliyken, bedevî kabîleler şehirlilere nasıl mağlup olur? Tek başına otorite, şeref, gevşeme ve sükûnun iktidarın niteliği olduğu doğrudur, devlet yaşlanır, ama bu iktidarla değil, bütün yönetim sistemiyle ilgilidir.

İbn Haldun'a göre tarih, yalnız gerilemek için ilerler, her millet rolünü tamamlayıp sona ermek üzere başlar. İlerlemenin sonu, zorunlu olarak çöküştür, uyanışın sonu zorunlu olarak düşüştür. Buna bağlı olarak, İbn Haldun'un tarih felsefesi, tarihin gayesini çöküş ve düşüş olarak belirleyen karamsar bir felsefedir. Uyanan bir milletin, ümitsizlik ve unutulmaya yol açacağı için bu durumu benimsemesi zordur. Tarihin rolü, niçin yalnızca zorunlu olarak sona ermek için yaydan çıkan ok olsun? Tarihte niçin bir birikim doğmasın? Sürekli ilerlemeye dayalı bir tarih yürüyüşü, neden meydana gelmesin? Bilakis İbn Haldun'a göre, rol kısa ömürlüdür, dört nesildir. Tarihin bir merhalesinde birden çok nesil bulunabilir. İbn Haldun'a göre devletin ömrü, âdeta kişilerin ömrü gibidir ve yüzyirmi yıldır! Şeref ve nesep, ilk üç nesildedir, çöküş dördüncü nesilde başlar. Bunun için, İbn Haldun'a göre devletin tavırları, tıpkı her nesil ve insan ömrünün çeşitli merhaleleri gibi dört tanedir: Çocukluk, gençlik, orta yaşlılık, yaşlılık. Ancak, devletin tavırları, durumlarının değişmesi ve tavırlara göre halkını yaratması açısından, devletin çöküşünden önce beşinci tavra (döneme) doğru uzanır. Bunlar

---

24 Bkz. *el-Yesâru'l-İslâmî: Kitâbât fi'n-Nahdati'İslâmiyye*, nr. 1, s.158-212, Kahire 1981, el-Merkezu'l-Arabî li'l-Bahs ve'n-Neşr.

25 İbn Haldun, *age.*, s.286.

şöyledir: Amaca ulaşma tavrı, istibdat tavrı, boşluk ve gevşeme tavrı, kanaat ve teslimiyet tavrı, son olarak da israf ve savurganlık tavrı.

İbn Haldun'a göre devletler adalet, zulüm, tasallut ve hürriyetle ilgili sebepler dolayısıyla çöker. Bunu şu sözüyle belirtir:"Zulüm, ümranın harap olduğunun habercisidir."[25] Temellerinde bir bozukluk olduğunda devlet de bozulur; meselâ güç ve asabiyet gibi, ordu ve mal gibi, israf, baskı ve öldürme gibi, çevrede valilerin, merkezde yöneticilerin kendi başına buyrukluğu gibi. Bozukluk ortaya çıkınca, devletin de inkıraz bulması şüphesiz ki kaçınılmazdır. Çünkü bir devlet yaşlanınca, bu durumu düzelmez. Buna bağlı olarak İbn Haldun, rönesans, reform, düzeltme, diriltme veya devrimi bilmez, bir devlet yok olur, yerini başkası alır.

Bu, İbn Haldun'un yedinci asırdaki hâlidir, bizim onbeşinci hicrî asrının başındaki hâlimiz değil. Dönüş başladığında, sıfırdan başlar, tecrübelerin tarihî birikimi yoktur. Toplumlar bedevîlikten hadarîliğe, sonra ilk bedevîlik ile ikincisi arasında nicelik veya nitelik açısından herhangi bir fark olmaksızın yeniden bedevîliğe geçer. İnsanlık işte bu şekilde başladığı gibi döner. İnsanlığın turları başlar ve Vico'da olduğu gibi, öncelikle helezonî tasavvurda ilerleme kavramının belirdiği, daha sonraki 19. asır Avrupa'sındaki gibi sürekli bir ilerleme olabilmesi için bir birikim ortaya çıkmaksızın tarihin dairevî tasavvurunda onu sona erdirir.

İbn Haldun, Kur'ân'dan, yeryüzünde hilâfete, yeryüzüne mirasçılığa dayalı, insana misyon ve emanet yükleyen bir tarih felsefesi ortaya koymaya, geçmiş milletlerin durumlarını incelemeye ve kıyamet gününde aleyhlerinde tanıklık yapmaya girişmemiştir. Gözlem ve özel araştırma yönteminin tutsağı olmuştur.

10. Sonuç:

Eski kültürümüzde çeşitli bilimlerdeki tarih bahislerinin bu araştırılması girişimi, tarihi keşfetmek üzere bizzat bilimleri yeniden kurmayı amaçlar. Bu, her kültürde gerçekleşen bir iştir. Vico, eski *Yunan* ve *Roma* kültüründe bunu, dilbilimleri ve eski edebiyatla yapmıştır. Bu girişim, bugün yaşadığımız tarihî döneme dayanarak, Conderced'in yaptığı gibi, çağdaş vicdanımızda tarih bilincinin keşfi ve insanlığın bundan sonraki geleceğinin plânlanması girişimidir. Buna bağlı olarak, eski tarih bahislerini hesaba katan, onu yeniden kuran, İbn Haldun'un tarih felsefesini yeniden biçimlendiren, yedinci asırdan İbn Haldun'un çağdaşı olmadığı ondördüncü asra kadar öteki yedi asrı nazarı itibara alan, geçen asırdan beri ortaya çıkan uyanış girişimlerini ve bu çağda yaşadığımız millî kurtuluş hareketlerini göz önünde bulunduran alan bir tarih felsefesinin yeniden biçimlendirilmesi için neslimize sorumluluk düşmektedir. Durum, yorumlamadan, çağın ihtiyaçlarından ve tarihî hissetmeden başlayarak eski bahislerin yorumlanması, fiilî durumlardan ve sosyal çalışma, hatta genel sosyal durumun pratik uygulanışı seviyesinde fiilî açıklayıcı olan siyasî durumun çerçevesine girenlerden başlayarak halihazır çağın yorumlanması ve her tarih filozofunun dikkate aldığı millî hedefin belirlenmesiyle ilgili geleceğin yorumlanışı zaruretinden hâli olmayacaktır. Anlatımdaki farklılık, son tahlilde sosyal durum, sınıf bağlılığı ve millî mensubiyettedir.

Öyleyse tarih felsefesi, tarihî bilincin bir anlatımı ve aynı zamanda bu bilincin eğitimi ve geliştirilmesidir. Sadece teorik bir düşünce değildir. Son tahlilde o, insan topluluklarının hareketlerinin gelişimini izler. Buna bağlı olarak da, teorik seviyede uygulama bilimidir.

Böylece şu sorular ortaya atılır: Eski kültürümüzde tarih bahsi niçin ihmal edildi? Çağdaş vicdanımızda tarih bilinci niçin kayboldu?

Bu sorular, bir çöküş felsefesi değil, uyanış şartlarını yerleştirmek üzere "yeni bilim"in keşfedilmesi ve İbn Haldun'un geliştirilmesi için sorulur.

EK

Devrimci Bir Düşünür:

HASAN HANEFÎ

Marinus van den BOOM (Çev. Kadir CANATAN)

Hasan Hanefî (doğ. 1935), Kahire ve Paris'te eğitim yaptı. 1962 yılında Kahire Üniversiesi'nin felsefe tarihi bölümüne profesör olarak atandı. Eğitim sürecinde üstlendiği çok geniş görevlere rağmen Hanefî, önemli Batılı ve Arap filozofları üzerine pekçok yorumlar yazdı. Spinoza, Lessing, Hegel ve Feuerbach gibi Batılı filozofların yorumunu yaparken dolaylı olarak da İslâm dünyasındaki egemen hiyerarşik-teolojik düşünceye karşı eleştiriler yöneltmiştir. Çünkü hiyerarşik düşünce, insan eylemine hemen hemen hiç bağımsız bir statü tanımıyordu.

1984 yılında Hanefî, *İnançtan Devrime* (mine'l-Akîde ile's-Sevra) adlı beş ciltlik anıtsal çalışmasını yayınladı. Bu çalışmada Hanefî, klasik İslâm kaynaklarının yeni bir yorumunu yapmaktadır. Felsefî çalışmasının özünü, İslâm kültürünün antropolojk bir temele olan gereksinimi üzerine oturtmuşur. Antropolojisinin çıkış noktasını, tepesinde "Allah", tabanında ise "İnsan" olan pramidik bir yapı oluşturmaktadır. Hanefî, "düşünce"nin "teolojik görüş" tarafından yönlendirildiği ve güncel çelişkilerin bütün biçimleriyle bunun arkasına gizlendiği, müslüman çevrelerdeki doğmatizmi eleştirmektedir. Ona göre, fenomenolojik çıkış noktasının yararı, güncel deneyimi betimlemek ve çözümlemekte aranmalıdır. İlahî metinlerde değil, sadece burada, gerçekliğin kendisine bir yol vardır.

Her ne kadar Hanefî, bugünkü Arap-İslâm düşüncesinin en önemli filozoflarından biri olarak görülüyorsa da, onun konumu oldukça tartışmalıdır. O yıllarca ortodoks ve siyasal çevrelerden eleştirilere maruz kaldı ve suçlamalara uğradı. Özellikle Sedat'ın iktidarda olduğu dönemde eleştirilere karşı doğrudan cevap veremiyordu. Bunu dolaşık yollardan yapmak zorundaydı. O'nun yaşamı, bazı bakımlardan Spinoza'yı andırır. Spinoza'nın çağdaşları da onun hoşgörü, insanlık ve evrensellik için verdiği mücadelenin dinî temellerini kabullenemediler. 17. yüzyılda Spinoza bir "tanrıtanımaz"dı.

Hanefî kendini, peygamberî ideale bağlı bir düşünür olarak görmekte ve yeni bir hakkaniyet ve yeni bir toplum düzeninin temellerini kurmaktadır. O, geleneğin radikal bir ıslahını savunmaktadır. Felsefesinin merkezî teması, hakikatin kaynağı olarak insanın öznelliğidir. Hanefî, dinamik ve insanî bir varoluş deneyimini boğan dikey Tanrı imgelerine karşı çıkmakta ve sadece ruhsal alanda değil, gerçekliğin bütün alanlarında insan eylemlerine karışan Tanrı fikrinden hareket eden Avrupa teolojik geleneğindeki yatay ideale hayranlık duymaktadır. Bu gelenek, *Aydınlanma felsefesi* ve *İncil*'in tarihsel eleştirisi tarafından teşvik edilmiştir. Hanefî, tartışmayı bu izlekte sürdürmekte ve bununla, kendi müslüman tabanında birtakım soruların sorulmasına yol açmaktadır. *İncil*'in otoritesi hakkında sorulan sorular, aynı şekilde *Kur'an* için de geçerlidir. O, çağdaş Avrupa düşüncesinde bir daha yadsınamayacak kadar yerleşmiş bulunan tarihsellik ve varoluş kavramlarının 20. yüzyıldaki İslâm yenileşmesi için de model teşkil emesi gerektiği fikrindedir.

Fakat ona göre, Batı kültürünün yataylaşma sürecinde de karanlık bir yan bulunmaktadır. Tanrı'nın yerini alan Akıl, Hanefî'ye göre, insanı maddî bir nesneye indirgeyen yeni bir otoriter erki ifade etmektedir. Yirminci yüzyılda materyalist dünya görüşü, kapitalist toplumun araçları olan doğabilimlere ve tekniğe öncelik vererek kendi varlığını sürdürmekte ve böylece artık gelenek değil ama, otomasyonlaşma, amaca uygunluk (elverişlilik) ve informatika son sözü söylemektedir. Hanefî, Tanrı'nın yerini ve işlevini alabilecek yeni otoriter ideolojilerden ve olgulardan (para, madde, ırk, akıl gibi) korkmaktadır.

Hanefî, kültür ve geleneğin egemen değerleri karşısında eleştirel bir tavır takınmaktadır. Düşünür; Tanrı, para, amaca uygunluk ve benzer konularla ilgili olarak yabancılaşmış bilinci ayakta tutan doğmatik inançlar ve tutumları eleştirmeyi kendine görev bilmektedir. Nihai plânda bu eleştirel çıkış nokası, genelde tektanrıcılığın, özelde ise İslâm'ın içeriğini ve özünü oluşturmaktadır. "Allah'tan başka tanrı yoktur" ilkesi başka (sahte) tanrılara karşı, yani baskıcı ideolojilere ve otoriter yetkelere karşı, kesintisiz bir mücadeleyi içermektedir.

Kurtarıcı, özgürlükçü bir teoloji, Hanefî'ye göre, ancak toplumsal pratikteki gelişmelere uygun olarak Tanrı'nın da sürekli olarak kılık değişikliğini öngören bir varsayım temelinde mümkün olabilir. *Kur'an*'ın bu "karşı-tanrıcı" (anti-teizm) anlayışı, aslında geleneksel tanrıcılık (teizm) ve tanrıtanımazlık (ateizm) açmazının üzerinde bir anlayıştır. İslâm dünyasındaki hiyerarşik-teolojik düşünce nezdinde bu karşı-tanrıcılık anlayışı radikal-yatay bir dünya görüşü için mücadele anlamına gelmektedir. Egemen dinî anlayışın dikey "Tanrı"sı için yeni (yatay) sözcükler bulunmalıdır. Bunlar "ilerleme", "demokrasi", "gelişme", "ulusal bağımsızlık", "kurtuluş" kavramlarıdır. Tanrı yerine geçen bu yeni sözcükler, İslâm geleneğinde aslında yeni bir şey değildir. Bunlar yalnızca klâsik sözcük dağarcığında varolan "mükemmel", "sonsuzluk", "ebedî" ve "cevher" anlamındaki sözcüklerin modern karşılıklarıdır.

Akıl ve Vahiy

Hanefî, sürekli olarak vahyin akılcı niteliğini vurgulamaktadır. Aklın devre dışı bırakıldığı bir özleşme, O'na göre körleşmeye yol açmaktadır. İnsanın irade özgürlüğü, aklın kullanımını gerektirmektedir. Akıl, iyi ve kötüyü birbirinden ayırmanın yoludur. İyi ve kötü, ontolojik meseleler değildir. Kötülük, ikircikli bir tanrısallığın işi veya bir insana kötülük yapan Şeytan gibi bir suçlunun işi değildir. Kötülük, yine aynı şekilde -*Hristiyanlık*'taki kalıtımsal günah benzeri gibi- varoluşta içkin bir nitelik de değildir. Tersi açıdan iyilik, "yargılama günü"nün gelişine kadar insanın beklemesi gereken "tanrısal rahmet"in bir bağışı da değildir. İyilik ve kötülük, insanın bireysel ve toplumsal davranışının yargılanmasına temel teşkil eden rasyonel kategorilerdir. Burada da insanî akıl, merkezde yer almaktadır.

İşte bu bağlamda, hemen sorulması gereken soru şudur: Eğer akıl, iyilik ve kötülük bilgisinin kaynağı ise, vahyin rolü nedir öyleyse?

Hanefî'ye göre, akıl da vahiy gibi (ve tersine) aynı konular hakkında bilgi vermekedir. Vahiy, asla akılla çelişmemelidir. Namaz, oruç, hayırseverlik gibi vahyin tespit ettiği kurallar evrenseldirler ve temelde aklîdirler. Katl yasağı, hırsızlık, sarhoşluk, sömürü, adaletsizlik gibi

Kur'an'ın yasakladığı şeyler de aynı şekilde nesnel, evrensel ve aklîdirler. Hatta Allah'ın sıfatları -kutsal metinlerin haricinde bile-, insanın doğal gerçeklikten çıkarabileceği şeyler üzerine temellenmiştir. Vahiy, insan kalbine inen bir mesajdır. Ne zaman akıl ve vahiy birbirleriyle çelişirlerse, bu durumda akıl öncelik sahibidir, yani vahiy ve kutsal metin ona uygun bir biçimde okunmalıdır.

Hanefî'nin bu utumu, özgün bir şey değildir. Muhammed Abduh (1849-1905) da bu konuda onunla aynı konumda yer alır. Abduh, kendi deneyim ve aklî bulgularını kullanarak her zaman tam bir ahlâkî olgunluğa erişebilecek çok üstün yetenekli insanlar olabileceğine inanmakadır. Abduh, insan eylemini yönlendiren ahlâkî (etik) kuralların "doğal" bir kural olduğunu kabul etmekte ve insanın iyi ve kötüyü ayırdedebilecek bağımsız bir yeteneğe sahip olduğunu iddia etmektedir. Ama bireybel akıl ve özellikle kütlevî akıl, sapma özelliğine de sahiptir. İşte bu durumda, vahyin aydınlatıcı ışığı insana yol göstermektedir.

Hanefî, gelişmekte olan ülkelerdeki insanların vahyî bilgi konusunda izafî bir bilince varmalarının zorunlu olduğunu ileri sürmektedir. Üçüncü Dünya insanı, başka yardımcı yetkelere başvurmadan kendi kendisinin özgür, özerk ve sorumlu olduğunu keşfetmelidir. Vahyî metinler, dikey perspektif yerine yeniden yatay bir perspektiften okunmalıdır. Zira vahiy meselesi, peygamberin ya da mesajı göndericinin (Tanrı'nın) şahsına bağımlı değildir. Vahyin yatay bir perspektiften kavranması, mesajın tarihsel bir bağlama yerleştirilmesi demektir. Bu da "hakikat"in insanlar arasındaki bir ilişki ve gerçekliğe gizlenmiş bir olgu olarak algılanmasını sağlayacaktır. Vakıa olarak müslümanlar da her zaman bunun bilincinde oldular. Özellikle peygamberliğin özgül karakterinin tanımlandığı durumlarda, her zaman bütün insanlar için geçerliliği olan öznel özellikler ortaya sürülmektedir. Nitekim bir peygamberi tanımaya yarayan özellikler olan "güvenirlik" (emanet), "iletişim" (tebliğ), "doğruluk" (sıdk) ve "zeka" (fetanet) gibi nitelikler insanlararası şeylerdir.

İnanç İlkelerinin Akılcılığı

Klâsik İslâm'da akıl alanına ait inanç konularıyla (akliyyât), sadece vahiy tarafından açıklanan inanç konuları (sem'iyyât) arasında bir ayrım yapılmaktadır. Akıl alanına ait sorunlar, insanî akıl tarafından doğrulanabilir ya da yanlışlanabilirler. Allah'ın birliği ve adilliği inancı bu alana dahildir. Allah'ın birliği, O'nun varlığına ve sıfatlarına işaret emektedir. Allah'ın âdilliği ise, O'nun eylem ve kararlarına (yargılamasına) göndermedir. Hanefî, akliyyâta ait inanç değerlerine büyük bir önem atfetmektedir. Allah'ın birliği ve adilliği, insanın özgürlük ve sorumluluğunu gerektirmektedir. Bunlar aklî değerlerdir; çünkü Allah'ın birliği ve adilliği, vakıa olarak insanın özgünlüğünü ve ahlâkî saflığını yansıtan imgelerdir. Sadece vahiy tarafından açıklanan sorunlar, geçerliliğini *Kur'an*'ın otoritesinden almaktadır. Metnin tarihsel güvenirliği haricinde, iyi ve kötü ya da doğru ve yanlış hakkında başka ölçütler yoktur. Vahiy alanına dahil hakikatler peygamberlik (nübüvvet), eskatoloji (gelecek ve öte-bilimi/âhiret), eylem ve inanç birliği ve imamet'e (siyasî önderlik) ilişkin konuları kapsar.

Teoloji tarihi açıkça göstermektedir ki, inanç yaşamı her zaman doğabilim ve felsefenin egemen kavramsal çerçevesi içinde dile getirilmiştir. Hanefî, İslâm bilginlerinin asırlarca sürdürdüğü tartışmaları şu veya bu şekilde gündeme getirmekedir. Kelam'ın tartıştığı bilimler, mantıktan fiziğe, fizikten metafiziğe kadar uzanmaktadır. Klâsik ontoloji, sınırlı bir dünyadan sonsuz bir Tanrı'ya ulaşarak Allah'ın varlığını kanıtlıyordu. Klâsik doğabilim, aynı şeyi, bölünmez atomdan yaratıcı Tanrı fikrine geçerek yapıyordu. Atom fiziğinin kullanışlı olmaktan çıkmasından sonra, teoloji metafiziğe geçti. Artık Tanrı, zorunluluğun en yüksek ide'sidir.

Hanefî, Allah'ın varlığını bu şekilde kanıtlamanın tutarlı olmadığını söylemekte eleştirmektedir. Çünkü, Tanrı'ya yüklenen özellikler böylelikle dünyadan soyutlanmaktadır. Madde ile biçim ve ruh ile beden arasındaki Hellenistik ayrım, Tanrı ile Dünya arasındaki ayrım biçiminde sonuçlanmaktadır. Tanrı; Asl, Oluş, Birlik, Neden ve zorunluluk olarak tanımlanırken Dünya da varoluşsal, sonlu, sınırlı, çeşitli, sonuç ve mümkün olarak tasarlanmaktadır. Tanrı'nın Asıl'lığı ile Varoluş eşitlendiği zaman, bu tür bir ayrım ikircikli (düalist) bir ima kazanmaktadır: O, Sonsuz Varlık, İlk Neden ve Tek'tir. Dünya, sadece ikincil bir sonuçtur. Bu ikircikli çerçeve temelinde pekçok teolojik metinler yazılmış ve Tanrı ile Varlık arasında aşılamaz bir uçurum yaratılmıştır.

Hanefî'ye göre ilke olarak akliyyât ile sem'iyyât arasındaki bağlamsal ayrım, o zamanki toplumsal-siyasal koşullara bir tepkiydi. Sultan'ın otoritesini tartışma konusu yapan muhalif gruplar, inanç değerlerinin akılcılığına; Sultan ve ona sadakat içinde olan gruplar ise, yine aynı düşüncelere, ama bu kez vahyi arkalarına alarak inanıyorlardı. Dahası, akliyyât ile sem'iyyât sorunu, temelde çağdaş felsefede de düzenli olarak tekrar tekrar gündeme gelen "nasıl bilirim?" ve "neyi bilmeliyim?" sorularına indirgenebilir. İlk soru, epistemolojinin alanına dahilken, ikincisi ontoloji alanına dahildir. Hanefî'nin İslâm teolojisinin klâsik kavram dağarcığının yerine, yeni kavramlar ve anlayışlar ikame etmek istediği açıktır. Toplumsal koşullar, geçmişe kıyasla, kökten değişmişir.

Yirminci yüzyılda, sosyoloji ve diğer toplumsal bilimler sayesinde, toplumsal gerçekliğe ilişkin anlayışlar hakikaten tümden değişmiştir. Dünyayı tanımlamada ve düzenlemede dinsel düşünce için yeni, başka kategoriler gerekmektedir: Mücadele, diyalektik, muhalefet, etkileşim vs. gibi. Aynı şekilde, klâsik antik dönemde de ateizm, politeizm ve düalizmle ilişkili olarak Tanrı'nın varlığını kanıtlamaya bir gereksinim vardı. O zaman Tanrı'nın birliğini toplumsal gerçeklikle ilişkili olarak kanıtlamak ve tasarlamak gerekiyordu. Çünkü Tanrı, sadece kuramsal bir ilke değil, aynı zamanda dünyada da bir etkinliktir ve doğal olarak bu insanın bireysel ve toplumsal eylemi sayesindedir. Tanrı'nın birliği, ümmetin birliğine biçim verecek pratik bir idealdir. Başka bir deyişle, Tanrı kuramsal aklın bir nesnesi değil, fakat pratik aklın bir Niyet'idir. Tanrısallık Kelam'dan (Logos) Pratik'e (Praxis), Olasılıktan Gerçekliğe bir geçiştir. Tanrı Varlık değil, Oluş'tur. Çağdaş kültürün kavramsal çerçevesi artık Hellenistik şemaya koşut olarak yürümemektedir. Çağdaş tarihsel bilinci, yeni kavramlar biçimlendirmektedir: İlerleme, gelişme, toplumsal değişme, toplumsal adalet, özgürlük, kurtuluş, özgürleşme, eşitlik vs. Bu yeni kavramsal çerçeve, klasik teolojik düşüncenin yeniden yapılanmasının çıkış noktasıdır. Bu çıkış noktası, İslâm dünyasının kalbindeki Tanrı inancını harekete geçirmenin yoludur. Ancak bu şekilde durağanlık harekete, uyuşukluk etkinliğe çevrilebilir.

Hanefî'nin ileri sürdüğü yeni vurgular, onun vahiy değerlerini de (sem'iyyât) akılcı inanç konuları olarak gören çıkış noktasından kaynaklanmaktadır. Hanefî'ye göre, ilke olarak peygamberliğe inanç, zorunlu değildir, bu konuda insanî akıl, peygamberin rolünü devralabilir. Spinoza ve Lessing de bunu vurguluyorlardı. Spinoza ve Lessing hakkındaki yorumlarında Hanefî, peygamberlik hakkındaki "aydınlık" düşünceyi önplâna çıkarmaktadır. Rasyonel (akılcı) insan, peygamberle akrabadır; bir farkla ki, ikincilerin kalb adreslerine vahiy gelmektedir. Peygamberî dil, sembolik ve yetkecidir. Bilimsel dil ise, çözümleyici ve kanıtlayıcıdır. Bu, zekânın dilidir. Her ikisi de -peygamberlik ve bilim-, amaçlarına farklı yollardan ulaşsalar da hakikatin hizmetindedir.

Hanefî, vahyî değerlerin akılcılığına dair pekçok örnek vermektedir. Öldükten sonraki yaşama inanç, ona göre sem'iyyât'a dahil olmak zorunda değildir. Öte-inancı, insanın Tanrısal çağrıyı yeryüzünde yerine getirmesine işaret etmektedir. Bu inanç, aslında öldükten sonra da insanın kendi eyleminden dolayı yaşamasını dile getirmektedir. Bu, hangi koşullarda olursa olsun yıkılmayacak insanın bütünlüğüne göndermedir. Demek ki öte-inancı, şimdiki gerçekliğin dışında başka bir dünyaya inanç anlamına gelmemektedir. *Kur'an*'ın hakkında konuştuğu "başka dünya", aslında "bu dünya"nın "başka" olabileceğine değin inançtır, insanlar kendi eylemleriyle bu dünyayı değiştirebildikleri müddetçe bu mümkündür.

Tanrı'nın Tözü ve İnsanî Özgünlük

Hanefî, Tanrısal aşkınlığın aslında *Kâmil İnsan*'ın (insan-ı kâmil) tanımlaması olduğunu vurgulamaktadır: Tanrı'nın aşkınlığı, insanî özgünlüğe ilişkin olarak insanın imgesidir. Tanrı, kendi özgünlüğünü ve bütünlüğünü insansal imkânlarda gerçekleştiren insanın niyetsel imgesidir. Tanrı'nın tözü, insanın saf bilincini temsil etmektedir. Bu, Tanrı'nın tözüne yüklenen tanımlarda açıkça görülmektedir: Tanrı vardır;

Tanrı sonsuzdur, Tanrı'nın başlangıcı ve sonu yoktur, Tanrı sınırsızdır; Tanrı zaman ve mekânla sınırlı değildir; Tanrı benzersizdir; Tanrı birdir ve tektir. Tanrı'nın tözünün bu şekilde tanımlanması, dinler tarihinde tanınmış bir figürdür: Bu, aslında "olumsuz bir teoloji"dir, çünkü Tanrı ilişkisel bir bağlam yerine, Tanrısal tözü insana benzer bütün suretlerden uzak gösteren bir imajla tanımlanmaktadır. Bu olumsuz teoloji, Tanrı'nın aşkınlığını savunmak için teologlar tarafından kullanılmaktadır.

İslâm teolojisinde sadece Tanrı'nın kim olduğu değil, kim olmadığı da tanımlanmaktadır. Tanrı Vardır, Varlık değildir; Tanrı sonsuzdur, sınırlı değildir; Tanrı sonsuzdur, geçici değildir; Tanrı, hâlistir, mekânda sınırlı değildir; Tanrı aşkındır, insan şeklinde değildir; Tanrı Bir'dir, Çok değildir. Tanrı'nın olumlu ve olumsuz özellikleriyle tanımlanması nedeniyle, Tanrı'nın hiçbir yerde görülememesi gibi bir eğilime yol açmıştır (ne bu dünyada, ne de öte dünyada). Tanrı, ne bu yaşamda, ne de ölümden sonra tecrübe edilebilir. Açıktır ki, böyle bir teoloji sağcı çıkar grupları tarafından kolayca manipüle edilebilir: Tanrı dünyadan soyutlandığı için, dünya diğer tepkici ve otoriter güçlerin kurbanı olabilir.

Hanefî'ye göre, Tanrısal tözün olumlu ve olumsuz olarak tanımlanması, Tanrı ve insan arasında, başka bir deyişle Tanrısal töz ile insanî bilincin özgünlüğü arasındaki bir analojiden hareket edilerek oluşturulmuş idealiter bir metafordan başka bir şey değildir. Hiç kimse, Tanrısal tözü tam olarak tanımlayamaz. Bu nedenle İslâm'ın mistikleri ve "matematikçi teologları" Tanrısal tözün analojiden başka hiçbir yöntemle tanımlanamayacağını öne sürmüşlerdir. Tanrı, kendi imge ve benzerinde (suretinde) insanı yarattığı zaman, insan Tanrı'yı kendi imge ve suretinde tasarımlıyordu. Demek ki Tanrısal tözün birliğine inanç, özgünlük ve bütünlük açısından insanî bilincin bir ifadesidir. İnsanın kendi hakkında bir bilince ulaşması dinî tecrübenin en yüksek amacıdır.

Tanrı'nın Özellikleri ve Kendini Gerçekleştiren İnsan

Klasik döneme ait literatürde Tanrısal tözün altı özelliği haricinde, yedi sıfat daha sayılmaktadır: Her Şeyi Bilmek, Kudretli Olmak, Yaşamak (Hayat Sahibi Olmak), İşitmek, Görmek, Konuşmak ve İrade Sahibi Olmak. İlk üç sıfatın, diğer dört sıfattan daha az insanî sureti var. Hanefî'ye göre, bi özelliklerin arka arkaya bir düzen içinde sıralanması, insanî bilincin yapısını yansıtan açık bir mantıksal yapı arzetmektedir. Bununla o, Feurbach'ın izinden projeksiyon kuramını takip etmektedir. Hanefî, Feurbach'ın projeksiyon kuramında, Tanrı'nın "varlığı"nı, "tözünü" ve "özelliklerini" insan ve dünya dışında göstererek sahte bilinci ayakta tutan teolojiye karşı bir direnç sezinlemektedir. Feurbach ve neticede müslüman mistiklerin de savunduğu "din antropoloji"sinin faydası, doğaüstü gizliliklerin gerisinde çıplak insanî değerlerin yattığını kabul etmesidir. İnsanî değerler, insan bilincinde yatan değerlerdir. Kim bu inanç değerlerinin imgesel ve simgesel karakterini inkâr ederse, dinin içsel özünü zedeler. Bu içsel öz, insan "özgürlüğü"nü ve "mutluluğu"nu gerçekleştirmek üzere yoğun bir güç olarak Tanrı'yı ifade eder. Tanrı sözünün gizemi, Hanefî'ye göre, insanı kurtaran (özgürleştiren) sözün tanrısallığıdır.

Hanefî, töz ve sıfatlara ilişkin inanç öğretisini ideal insanın yansıması olarak görmektedir: İnsan derûnî olarak öyle olmak istemektedir. Tanrısal töz saf insan bilincine işaret ettiği gibi, Tanrısal özellikler de insanın eylemci yapısına işaret emektedir. İnsan, sadece kendinin bilincinde değil, o insanî olanakların da bilincindedir. Tanrısal töz, Tanrısal özelliklerde dışarı vurduğu gibi, insan da dünyada kendi kendini gerçekleştiren emeğiyle kendi hakkında bir bilince ulaşır. "Düşünüyorum, o hâlde varım" *Kartezyen* anlayışında dile getirildiği gibi, insanî yapı derûnî olarak "Davranıyorum, o hâlde varım" biçiminde tanımlanmaktadır.

İnanç ve eylem arasındaki bu ayrılmaz bağıntı, *Mu'tezile* felsefesinin özünü oluşturmaktadır. Tanrısal tözün ve sıfatların birliği ile ilgili olarak *Mu'tezilî* öğreti, Tanrısal adaleti insan tarihinde somutlaştırmayı hedeflemektedir. O, Tanrısal tözün sıfatlarında tanınmayacağını söyleyerek ortodoks *Eş'arî* anlayışa karşı çıkmaktadır (bilâ keyf, bilâ teşbîh). Hanefî de, *Mu'tezililer* gibi fatalizme ve teslimiyete yol açan *Eş'arî* düşüncesine muhalefet etmektedir. Tanrı adaletini insanî bir ölçüte bağlamayan bir teoloji, pastoral açıdan direngen insanî yaşamla hatasızlığa ulaşmak için bir çözüm olabilir. Bazen insan olgulara boyun eğmeli ve Tanrı'nın yolları bilinmez diyerek yetinmelidir. Aynı *Eş'arî* anlayış, otoriter hükûmetler elinde politik denetimi sağlamaya yarayan kullanışlı bir araç olabilir. Tanrısal merhamet ve şefkatin hiçbir zaman bilinemeyeceğini ileri süren *Eş'arî* bakış açısı, teslimiyet ve pasifizme katkıda bulunmaktadır. Tanrı'nın töz ve özelliklerinin bir olduğunu savunan *Mu'tezile*, buna karşın insanın toplumsal eylemlerine radikal bir etki yapmaktadır. Çünkü Tanrı'nın adaleti, Tanrı tözünün bir bölümüdür. Üçüncü Dünya ülkelerinde *Mu'tezilî* öğreti, *Eş'arîlik*'ten daha kurtarıcı gözükmektedir.

Özgür İrade ve Kader

Klâsik teolojideki tartışmalar, sürekli olarak irade özgürlüğü/kader ve akıl/vahiy ikilemleri çerçevesinde dönmektedir. Açıktır ki, Hanefî çalışmalarında hep insanın irade özgürlüğü ile aklına öncelik vermektedir. İnsan için aslolan irade ve onun imkânlarıdır. Eğer insanî irade özgürlüğü, önceden her şeye gücü yeten bir irade tarafından sınırlandırılmışsa o zaman insan kendi eylemlerinden dolayı sorumlu tutulamaz. Hanefî'ye göre, determinizmin her biçimi, insan ve Tanrı'nın birliği inancının özüne ve O'nun adaletine aykırıdır. Sorumluluk, insan özgürlüğünü gerektirmektedir. Hanefî, Eş'arî'nin "kesb kuramı"nı reddetmektedir, çünkü bu durumda insanın hareket özgürlüğü Tanrı'nın kudret ve lütuf dairesi içinde sınırlı kalmaktadır. İlke olarak Eş'arî'nin kesb kuramı, determinist bir dogmadır, çünkü özgür bir şekilde hareket etme yönündeki insanın kapasitesi, nihaî plânda Tanrı tarafından belirlenmektedir. İnsan özgür bir şekilde hareket ederken, dış bir güce bağımlı kalmaktadır.

İnsan özgürlüğü, doğal yasaların ve toplumsal pratiğin (praxis) ürünü olan tarihsel koşullara bağımlıdır. Hanefî'ye göre, teolojide "kader" olarak anılan şey, aslında Tanrısal İrade'nin müdahalesi değil, toplumsal pratiğin tayin edici gücüdür. Özgür irade Tanrı'yla değil, dünya ile bağlaşım hâlindedir. İnsanın davranış özgürlüğüne sınır koyan Tanrı değil, dünyadır. Toplumsal ve politik yapılar içinde insanın toplumsal eylemi, ilke olarak insan özgürlüğünün bir ifadesidir. Yaşam ve ölüm, refah ve mutluluk için sorumlu olan -Tanrı değil- toplumdur.

Gelişmekte olan ülkelerde insan özgürlüğünün altını çizen bir kuram ya da teoloji yaşamsal bir önem taşımaktadır. Ancak böyle bir ideoloji, bir dış gücün yardımına başvurmaksızın kitlelerin bilinçlenmesine katkıda bulunabilir. Dış güç, bazen "Tanrı iradesi", bazen de "dış yardım" olabilir. Gelişmekte olan ülkelerdeki baskıcı yasalar, kitlelerin bilinç yapılarına kolayca sızmaktadır. Çünkü gelenek onları, dış yardım ve itaate zihinsel olarak hazırlamıştır. Kader ve koşullu bağımlılık yerine, kendine güven ve bağımsızlık perspektifinden kitlelerin bilinçlendirilmesi kaçınılmaz bir zorunluluktur. Hanefî, teistik tanrı imgelerine karşı koymaktadır, çünkü zorunlu Oluş olarak Tanrı'nın varlığına inanç, insanı nesne hâline getirmekte ve insanın özgürlüğünü elinden almaktadır. Özellikle *Eş'arî* teoloji, ınsanın yabancılaşmasına katkıda bulunmaktadır. İnsanın istek ve kapasitesini (bilgi, güç, ölümsüzlük, sevgi, sonsuzluk, bağışlayıcılık) insan dışındaki imgesel bir yetke olarak Tanrı'ya yansıtarak (projeksiyon) saptırmaktadır: İnsan kendi özünü dışarıya doğru nesneleştirmekte ve daha sonra da bu ideal imgeye teslim olmaktadır. Bununla birlikte Hanefî, yabancılaşmanın kökünü, sadece dinde değil, yabancılaşmanın dinsel biçiminin ikincil olarak içinde şekillendiği "toplum" ve "ekonomi"de de bulmaktadır.

Hanefî'ye göre, insanın özgürlüğü ve kurtuluşu, ancak saptırıcı yansıtmaların radikal bir şekilde aşılmasıyla mümkündür: İnsan kendi kaderini kendi eline almalıdır. Bu da ancak, yabancılaştırıcı yansıtmaları insanî ideallere tercüme etme yoluyla teistik Tanrı imgelerinin dayatmalarından kurtulmakla olabilir. Bu nedenle "geleneğin yenilenmesi", her zaman Tanrı'nın töz ve özelliklerini, insanın kendi töz ve özellikleri olarak yeniden keşfetmesini amaçlamalıdır.

İnanç ve Toplumsal Eylem

Hanefî'ye göre, genelde toplumları ikiye ayırmak mümkündür: Geleneksel toplum ve modern toplum. Geleneksel toplumda dinî kültür, değer ve normların esin kaynağıdır. Yeni meydan okuyuşlarda bile dinî kültür, toplumu düzenleyecek en önemli ideolojik çerçevedir. İlke olarak din, bütün zaman, mekân ve ortamlar için mutlak geçerliliğe sahiptir. Özellikle Afrika, Asya ve Latin Amerika'da gelenek ve dinî kültür, kitlelerin tarih bilincinde bu işlevi görmektedir. Kültürdeki yeni ve arzu edilir gelişmeler her zaman gelenek kalıbı içinde vücut bulmaktadır. Tersi durumlarda -sözgelimi Arap/İslâm dünyasındaki geçen dönemlerdeki seküler gruplarda olduğu gibi- devrim başarısız kalmaya mahkûmdur. Mısır'da bu durum açıkça görülmektedir. Pekçok hareketler, toplumsal ve siyasal alanlarda reform çabası içindeydiler: Tarım ve hayvancılığın modernleştirilmesi, sanayileşme, devlet aygıtının yeniden örgütlenmesi, ulusallaştırma, sosyalizm, plânlama ve benzer alanlarda. Ancak burada geleneğin simgesel çerçevesi, hiçbir zaman kırılamamıştır. Bu nedenle, liberal-ekonomik gelişmeler, halk arasında yeni bir coşkunun oluşmasına katkıda bulunamadı.

Hanefî'ye göre, her yenilik çabası, dinsel ve geleneksel bağlamının dışında, tarih bilincinde bir kopuşa yol açar. Fabrika ve laboratuvarların inşası yanında, geleneğin de ıslah edilmesi, yenilik için zorunlu bir koşuldur. Halkın devrimci bir bilinç kazanması, ancak değişme ideolojisinin dinsel bir kültürle beslenmesiyle başarılı olur. Ki bu durumda sözkonusu değerler, normlar ve idealler "psikolojik hazine odası" gibi işlev görecektir.

İkinci tip toplumun (modern toplum) belirgin özelliği, dini eleştiri ve dinsel kültüre karşı koyuştur. Bu toplumlarda din, artık toplumsal ve siyasal seçeneklerde bir esin kaynağı olmaktan çıkmıştır. Bunun yerine akılcılık (rasyonalizm), teknikçilik (teknikizm) ve doğacılık (natüralizm) geçmiştir.

Salt geleneksel ve modern toplumların dışında, eski ve yeniyi birleştiren gelişme stratejilerinin uygulandığı Hindistan ve Japonya gibi geleneksel toplumlar da bulunmaktadır. Burada dinî kültür, ne eleştirilmiştir, ne de ihmal edilmiştir. Tam tersine yabancılaşma ve batılılaşmanın kurbanı olabilecek kitlenin toplumsal kimliğini koruma yönünde politikalar izlenmiştir. Bu yeni modelde gelenek; folklör ve ritüellerin, alışkanlık ve örflerin yığışımı olarak görülmektedir. Dinî kültür, değer ve norm dizgeleri değişmeksizin kalmakta, ancak işlevleri pozitivist bir şekilde kültürel kimliği korumanın ve toplumdaki projeleri yasallaştırmanın bir aracı olarak kullanılmaktadır. Japon *Budizm* ve *Şintoizm*inde gelenek ve modernleşme elele gitmektedir. Tarihsel bilinci motive etme yolunda geleneksel değerlerde bir dönüşüm olmamaktadır. Ayrıca gelenek, protesto ve muhalefet hareketleri içinde elverişli bir ortam oluşturmaktadır.

Hanefî, gelişmekte olan ülkeler için yeni stratejiler geliştirmenin gerekliliğini savunmaktadır. Çünkü ona göre, ancak tarihsel bilinçlenmenin (dinî gelenek ve kültür) yeniden oluşturulması, yenilenme ve değişmeye katkıda bulunabilir. Aksi takdirde şu veya bu şekilde gelenek, siyasal denetim aracı olarak kullanılacaktır. Hanefî, defalarca dinin otoriter rejimleri yasallaştırmak için bir araç mı olduğu sorusunu sormaktadır. Bunun yanında o, halkın gerçek çıkarlarını korumak için egemen seçkinlere karşı mücadelede dinin bir ideolojik silah olarak nasıl işlev görebileceğini ele almaktadır. İslâm dünyasında geliştirilmiş çoğu teolojik tezler, en yüksek makam olarak saygı gören "Sultan"ın (hükûmet'in) gücünü korumayı amaçlamaktadır. Sultan'ın yüceltilmesi, çoğu kez Tanrı'nın yüceltilmesiyle paralellik arzetmektedir: Sultan'a şükr ile Tanrı'ya şükr elele yürümektedir. Bundan sonra sıra, Peygamber'e gelmekte ve böylece *Tanrı*, *Sultan* ve *Peygamber* kutsal ve otoriter bir üçlü ittifak oluşturmaktadır. Bu mekanizma, medya yoluyla hiçbir zaman bu kadar mükemmel işletilmemişir.

Defalarca vurguladığı gibi Hanefî, İslâm kültürünü, Sultan aracılığıyla dışsallaşan Tanrı'nın bir takdiri ya da hediyesi olarak değil, insanî eylemin sonucu olarak niteliksel anlamda başka bir toplum kurmaya yönelik olduğunu ileri sürmektedir. Ona göre İslâm, kötülüğe karşı bir reçete değildir; fakat çalışarak dünyayı insanîleştirmesi için insana yüklenen bir ödevdir. Dindeki bu "insanî" öz hakkında müminler yeteri kadar bilinçli olmalıdırlar. Antropolojik bilinçlenme yönünde dinî geleneğin reformasyonu, yenilenme için zorunlu bir koşuldur. Azgelişmişlik olgusu da, din kitleyi teslimiyete ve kabule zorladığı müddetçe, psikolojik bir sorun olarak kalacaktır. Bu "psikolojik yapı" değişmediği müddetçe, toplumsal gerçeklik değişmeyecektir.

İslâm'ın Toplumsal Coşkusu

Cemaleddin Efganî, Muhammed Abduh ve Reşid Rıza'nın ortaya çıkmasından bu yana, İslâm'ın hem özel ve hem de ekonomik, sosyal ve politik yaşama ilişkin ilkelerinin özgün ve aşılamaz bir sistem olduğu fikri vurgulanmaktadır. Müslüman aydınların sayısızca yayınlarında, İslâm'ın içeriksel ve bütüncül karakteri, ön plâna çıkartılmaktadır. Buna göre İslâm, hem uhrevî, hem dünyevî, hem ruhsal, hem de maddî âlemi içermektedir. Ayrıca toplumsal yaşamın bütün alanlarını düzenlemek için ünik bir program sunmaktadır. İslâm'da "Tanrı", "insan" ve "doğa"nın denge içinde olduğu bir "birlik" vurgulanmaktadır. Netice olarak Batılı düşünürlerin ve ideolojik akımların çözüm aradıkları sorulara ve sorunlara, sadece İslâm cevap vermektedir.

Hanefî'ye göre, bu çokça konuşulan İslâm'ın birlik tezi, bağımsız bir değişken olarak gerçekler dünyasında kendisine destek bulamamaktadır. Hatta İslâm, sürekli bir uygarlığı temsil etmemektedir. Tam tersine İslâm, zaman, mekân ve toplumsal koşullara göre şekillenen ve sürekli değişen bir dinsel üstyapı yorumuyla, kültürlerin çokluğunu ve çeşitliliğini ifade etmektedir. İslâm'ın birlik tezine dayalı olarak "gelenek" ile "çağdaşlık" arasında dengeli bir uzlaşmayı propaganda edenler, baskıcı bir gerçekliğin temellerini meşrulaştırmaktadırlar. Ancak bu dengeli birlik içinde, yoksullar ve zenginler ile ezenler ve ezilenler bir arada tutulabilir.

Hanefî, tepkisel (reaksiyoner) bir İslâm'ın devrimci bir İslâm'la yer değiştirmesini istemektedir. Ritüel ve törenlerin önplâna fırladığı tepkisel İslâm, sağcı bir ideolojik bilince katkıda bulunmakta ve böylece "Tanrı'ya iman" kitleleri ikircikli bir anlayışla gerçekliğe yabancılaştırmaktadır. Allah'a iman ile insanlık için mücadelenin bir arada yürüdüğü devrimci İslâm ise, gerçekliğin bütün alanlarında Tanrısal "hakikat"in her zaman bulunmadığı tarihsel bir bilinci aşılamaktadır. Özgün hakikat, her halükârda gerçekliğin "sağcı" dünyasında bulunamaz. "Tanrı'nın birliği"nin çelişkileri dengeleyip düzene soktuğu ortodoks idealin (İslâm'ın birliği) yerine, "birliği" sürekli olarak gerçekleştirilmesi gereken bir ödev olarak tasarlayan mistik-devrimci yorumlar ikame edilmelidir. Devrimci-varoluşsal yorumunda Tanrı, bazen sınırlayıcı bir güç, bazen de ileriye doğru yönelen bir amaç olarak insan eylemiyle kendini sürekli olarak gerçekleştiren bir idealdir. Monoteist bir ideal olarak "birlik", toplumsal yabancılaşmanın aşılmasına atıfta bulunmaktadır. *Kur'ân*'ın Allah'ı, "göklerin ve yerlerin Tanrı'sı"dır. Toplumsal yabancılaşma, gerikalmışlık, emperyalizm, sömürü, bağımlılık, kapitalizm ve tiranlık olgularının yerini ilerleme, özgürlük, kendine yeterlik, egemenlik, sosyalizm ve demokrasinin almasıyla aşılabilir.

Dinî değerler ile toplumsal angajman arasındaki çatışmada Hanefî, otantik vahyin hümanist motiflerinden yana tavır koymaktadır. O'na göre, tepkisel teolojinin karakteristiği, doğmalara inancı, tözsel değerler ve kendi başına olgular olarak algılamasıdır. Vahyî hakikatleri "enformatif" meseleler olarak ileri sürmekte ve bunları dilbilim, tarih ve metafizik yardımıyla savunmaktadır. Vahyî-kutsal metin, ebedî anlamların bir kaynağı olarak işlev görmektedir. Doğmanın bu "auto-existence" veya "auto-sufficience" (olaylar, kişiler ve kurumlar) karakteri, monoteist inancı güncel gerçeklikten bağımsız bir düşünceler ve tasarımlar dünyasına hapsetmektedir. Vahiy, yukarıdan aşağıya inen bir hakikat olarak algılandığı müddetçe, "Tanrı'ya inanç" kavramı, dünyevîliğini yitirmekte ve dünyayı başka güçlerin alanı hâline getirmektedir.

Hanefî'nin felsefesinin en önemli amacı, Efganî ve İkbal'in izinden giderek statik İslâm'ı, dinamik İslâm'a çevirmektir. Zira İslâm dünyasında merkezî soru, Tanrı'ya imanın dünyevî kurtuluş sürecine ne gibi katkısı olacağı sorusudur. Bu bağlamda o, gelenek ve kültürü hesaba katmadan ekonomik reformlar ve seküler gelişmeleri destekleyen modernistlerden ayrılmaktadır. Hanefî'ye göre *liberalizm*, *sosyalizm*, *marxizm* ve *nasyonalizm* gibi Batı kökenli ideolojiler iflas etmiştir, çünkü bunlar kitlelerin tarihsel bilincinde yer etmemişlerdi. Üstelik teknolojik gelişme stratejileri kitleleri "yabancılaşma" ve kimliksizleşme" ortamına sürüklediler. Zira özgünlük, Batı'dan getirilen düşüncelerin gelenek üstüne çıkarılmasıyla sağlanamaz. Kitlelerin devrimci bir bilinç kazanması, ancak insanî öznelliğin gelenekle beslenmesiyle mümkündür. Bu nedenle, din de dahil olmak üzere, geleneğin dönüştürülmesi, İslâm dünyasının bütün bölgelerinde beklenen yeniden doğuş için zorunlu bir koşuldur.

Üstelik azgelişmişliğin psikolojik bir olgu olması, İslâm'ın dönüştürülmesi sorununu Hanefî'ye göre daha da ivedileştirmektedir. Bugünkü egemen dinî düşünce, müslümanları iki ayrı alana yerleştirmektedir. Bir taraftan "tarihte insan" alanı, diğer taraftan da "Tanrı yanında insan"ın alanı var. Ortodoks İslâm, "tarih" kategorisi ve geleneğin "tarihsel boyutu"na duyarsız kalmaktadır. Çünkü insan, "tarih"te ve "toplum"da bağımsız bir konumu elde etmeksizin sürekli olarak "Tanrı" karşısına çıkarılmaktadır. Bu ikircikli bilinç yapısı, insanı bu dünyaya yabancılaştırmaktadır. İkircikli düşünce, insanı kabul ve teslimiyete koşullandırmaktadır. Feurbach hakkındaki çalışmasında Hanefî, dinî yabancılaşmayı diğer yabancılaşma biçimlerinin (felsefî, toplumsal, psikolojik ve fizik) temeli olarak nitelemektedir. Bu çerçevede İslâm'ın antropolojik bir dünya görüşüne dönüştürülmesini, devrimci bir gerçekliğin koşulu olarak görmektedir.

Hanefî'ye göre, geleneksel toplumlarda eskatoloji, geleceğe veya mevcut gerçekliğin karşıtına bir göndermedir. Gelecek karşısındaki bu tutum, nübüvvetin mantıksal bir sonucudur. Tarih geçmişle başlıyor, bugün devam ediyor ve gelecekte sonuçlanıyor. Bu eskatolojik inançsal tutum, aynı zamanda ruh ve beden, cennet ve cehennem, ölüm ve diriliş hakkındaki akraba düşüncelerde de yansımalarını bulmaktadır. Yüzyıllar boyunca teologlar, bu metafor ve analojilere maddî bir yorum getirdiler. Bu "öte dünya" veya "doğru yol", tözsel hakikatler olarak görüldü, bu şekilde müminler "bu gerçekliğe" yabancılaştırıldılar. Bu dünyanın ötesinde "başka bir dünya"ya ve tarihe inanç, sağcı bir teolojinin araçlarıdır. Sağcı teoloji, "Tanrı'ya imanı", O'nu en yüksek kudret/zenginlik olarak tanımlayarak mevcut gerçekliğe yabancılaşmaya ve ondan kaçmaya dönüştürüyor. Umutsuzluk zamanlarında, suçluların cezasını "öte dünya"ya erteleyerek insanların kendi kaderini kendi eline almasını önlüyor. Eskatoloji, kurtarıcı eylemin istasyonu ve dünyevî hayatın sonu olarak anlamını kaybediyor. "Öte dünya" (ahiret) "bu dünya"nın (dünya) yerine ikame ediliyor. Gelişmekte olan ülkelerde eskatolojinin angajmanlı bir inançsal tutuma dönüştürülmesi önemlidir. Zira eskatoloji, ilke olarak fütürolojinin (gelecekbilim) arkaik bir biçimidir.

Dünya gerçekliği ile bağlantısı olmayan "inanç" (iman) boş bir bilgidir. Hanefî'ye göre bu, "inanç" ve "duygu" arasındaki ilişki için de geçerlidir. Ne zaman inanmak sadece bir duygusal tecrübeden ibaret ise, o zaman inancın kapsamı bilincin içsel boyutuyla sınırlı kalmaktadır. Gerçekte bilinç, hem bireysel, hem de toplumsal olarak belirlenmiştir. Bunu müslümanlar her zaman hesaba katmışlardır. İslâm'da Kelâm (Logos) ve Amel (Praxis) ilke olarak birliktedir. Otantik bir inanç, eşit bir şekilde bilgi, duygu, kelime ve eyleme damgasını vurur. İnanç ve bilgi, inanç ve eylem, inanç ve duygu arasındaki her tür ayrım, yabancılaşmış bir bilinç oluşumuna katkıda bulunmakta ve bu da insanı dış ve iç dünyasından yalıtmaktadır.

Bu nedenle Hanefî, neo-platonik anlamda "varlık birliği"nin (vahdet-i vücûd) monistik idealini paylaştığı oranda Farabi, İbni Sina ve diğerlerinin mistik anlayışını eleştirmektedir. Bu anlayış, coşkulu birlik idealinden dolayı, hiyerarşik yapılı illüzyonik bir dünya sunmaktadır. Tanrı bilgisinde tarihin varlık öncesine inanç, insanî gerçekliğin dikey anlamda ikiye bölünmesine paralel yürümektedir: Madde-ruh, beden-bilinç, hükûmet-tebaa, el işçisi-kafa işçisi, sermaye sahibi-sermaye sahibi olmayanlar gibi.

Eleştirilerinin yanında Hanefî, sufizme saygı da duymaktadır, çünkü monist idealin temelinde dinamik ve gerçekçi bir perspektif yatmaktadır. "Birlik tecrübesi", insanın kendisini Tanrı sevgisinde kaybetmesiyle sonuçlanmak zorunda değildir. Bu aktif bir "özdeşim" tecrübesi de olabilir. Başka bir deyişle "hakikat", insan tarafından gerçekleştirilmesi gereken bir ödev olarak algılanabilir. Hanefî'ye göre insanın aşkın özelliğinin mistik tecrübesi, toplumsal birliği gerçekleştirmeye yönelik tarihsel bilinçlenmenin artmasına yol açabilir. *Mistisizme* değer vermede Hanefî, "birlik" tecrübesini kader doktrininden çıkaran taşlaşmış katı gelenek ile insan eline veren anlayışın ortasında yer alan Muhammed İkbal'in mistisizmine bir yakınlık duymaktadır.

Siyasal ve Toplumsal Adalet

İslâm'da siyasal kuram, hukuksal sistemin (fıkıh) bir parçasıdır ve teorik değil, pratik kanıtlayıcı tartışmalar alanını ilgilendirir. Siyasal kuram, geçmişte ve günümüzde, toplumsal bilinçteki duyarsızlık ve durağanlığı, ideolojik olarak meşru kılmıştır ve halen de kılmaktadır. Çünkü devlet sorunu, teolojik tartışmaların merkezinde değil, kenarında bir konudur. Hanefî, siyasal kuramın önem ve değer olarak, tıpkı *Şiî* anlayışında olduğu gibi, Tanrı'ya inanç kadar ağırlıklı yer tutması gerektiğini savunmaktadır. Ancak böyle olduğu takdirde, siyasal kuram (imamet) kitlelerin bilinçlendirilmesine ve hareketlendirilmesine katkı sağlayabilir.

Siyasî liderin yüceltilmesi yanında, bir başka önemli konu daha var. Tartışmalarda imamet, sık sık ideal ve gerçeklik, geçmiş ve bugün, üstünlük ve aşağılık çerçevesi içinde ele alınmaktadır. Hz. Peygamber'in ölümünün hemen ardından gelen imamet dönemi, yüceltilir ve romantizme edilir. "Adil dört halife", tarihin zirvesini temsil ederler. Bunlardan sonra çöküş ve yozlaşma dönemi başlar. Bu üstünlük ve aşağılık çerçevesi de toplumsal bilince sızmaktadır. Peygambere yakın olanlar daha fazla otorite ve saygıya lâyıktırlar. Yirminci yüzyılda O'na uzak olanlar, önemli konularda daima "Altın Çağ"a göndermede bulunurlar. Çünkü sadece orada insanî yetkinliğin en iyi örnekleri vardır. Peygamberden sonra gelen kuşaklar, yavaş yavaş yozlaşmaya başlamışlardır. Günümüze doğru gelişen tarih, gittikçe daha fazla yozlaşma izleri taşımaktadır. Çağdaş tarih, bağımsızlığını ve tarihselliğini yitirmektedir.

Hanefî, imamın Tanrısal bir kişilik ya da Tanrı'nın Ruhu olmadığını vurgulamaktadır. İmam, kutsal kitap tarafından bu yüceliğe çıkartılmamıştır. O'nun belirli bir aile ya da kabîleye (Kureyş) de mensup olması gerekmez. Çünkü imamet, kalıtımsal değildir, sadece ve sadece bir seçim (ihtiyar) sorunudur. İlke olarak imamet, imam ile toplum arasında bir sözleşme(akd)dir. İmam, bu sözleşmeyi, kutsal kitabın amaçları (ki bu yasamada belirlenmiştir) ve toplumun çıkarları doğrultusunda uyguladığı müddetçe, toplum ona itaat etmekle yükümlüdür. Eğer bunun tersine bir uygulamaya girişirse, o zaman ona karşı direniş zorunludur. Bununla ilgili olarak siyasal kuram, birçok pratik yollar sunmaktadır. Yalnız geleneksel kuramda sorun, bütün vurgunun imamın kişiliği üzerinde olmasıdır. Hanefî, kuramdaki bu tekyanlılığı eleştirmekte ve imamın yeryüzünde Tanrısal iradenin sözcüsü olarak yorumlanmasına karşı çıkmaktadır. Gelişmekte olan ülkelerde Tanrı'nın kişileştirilmesi, siyasal liderin ya da rejimin yüceltilmesi biçiminde açığa çıkmaktadır.

BULDURUCU

adalet,25,28
ahkâm, 19, 28
akıl, 21, 23, 40, 43, 84-87, 90
altın çağ, 36, 98
amel, 49, 50, 97
amelî şuur, 27
Arap medeniyeti, 37
asabiyet, 73-74, 97
aydınlanma, 35, 82
bedevilik, 73-74
bid'at, 20, 42
bilgi teorisi, 11, 13, 30, 32, 42-43, 54, 86
birlik, 94
Budizm, 43, 93
cahiliye, 37
dil şuuru, 27
Divanu'l-Hikmet, 38
düşünce şuuru, 27
Ehl-i ehvâ, 42
Ehl-i Sünnet, 42, 50, 51, 62
epistemoloji bk. bilgi teorisi,
eskatoloji bk. meâd,
esma bk. isimler,
Eş'arîler, 46, 47, 48, 50, 89, 90
felsefe, 29
fıkıh, 25-29, 39, 59, 66
fırak, 13, 15, 51
fırkalar bk. fırak,
fısk, 19
fiiller, 17, 18, 28-29, 46
Fransız İhtilali, 36
Fütüroloji, 97
grupçuluk, 34
Haçlı Savaşları, 58
hadarîlik, 73-75
Havâric, 50, 39
Hristiyanlık, 19, 43, 83
hikmet, 24, 52-55, 68
icma, 26
içtihat, 60, 63
İhvânu's-Safâ, 10, 24, 30, 55
ilahiyât, 22-24, 54, 55
ilham, 12
ilmu't-tenzil, 39, 40
ilmu't-te'vîl, 40
ilmu't-tevhîd, 11-20
iman, 45, 50, 97
insan-ı kâmil, 20, 34
isimler, 17, 18, 19
kelam, 29, 84, 85, 97
keşif, 12

Kızılderililer, 76
Liberalizm, 36, 95
mantık, 20-22, 53, 55
meâd, 14, 19, 49, 96-97
mehdî, 19
mehdiyye, 58
mekasıd, 27-28
mesihçilik, 19
mezhepler, 13 bk. fırak
mistisizm, 92, 98 bk. sûfiyye, tasavvuf,
mişyâniyye, 19
Mu'tezile, 46, 47, 48, 49, 50, 71, 89, 90
nas, 15, 38, 39, 40, 47, 48, 60, 63, 65
nübüvvet, 12, 14, 48, 82, 93
özgürlük, 87, 90-91
Peygamber (-lik) bk. nübüvvet,
reform (-cılık), 33, 35, 94
rönesans, 34, 36
Sem'iyyet, 13, 18, 43, 86
Senûsiyye, 58
Sıfât, 16, 17, 18, 45, 46
Siyer, 65
Siyonizm, 44
Sosyalizm, 36, 95
Sûfiyye, 57, 58, 97
Sünnet, 26
Şintoizm, 93
Şuûbiyye, 73
tabiiyyât, 22-23, 53, 55
tarih, 35-37
tarihî şuur, 36, 37
tasavvuf, 29-30, 55, 59 bk. sûfiyye,
tecsim, 41
tefsîr, 64-65
tekfir, 47
teklîfî hüküm, 28
tercüme asrı, 39
teolojik görüş, 81, 83
teşbîh, 41
tevhîd, 41, 42
uçan insan, 23
usûlu'd-dîn, 39, 41-52, 70
usûlu'l-fıkh, 25-29, 59, 63
ümran, 36, 70-77
vahdet-i vücûd, 30, 97
Vahiy, 18, 25, 26, 34, 37, 38, 48, 61, 84-85, 87, 90, 95
Vaz'î hükümüm, 28
Yahudîlik, 19
zât, 15-16, 17, 18, 44, 46